Outras coisas
contos

VOZES DA ÁFRICA

Clemente Bata

Outras coisas
contos

kapulana

São Paulo
2016

Copyright © 2016 Editora Kapulana Ltda.
Copyright do texto © 2016 Clemente Bata
Copyright das ilustrações © 2016 Brunna Mancuso

A editora optou por manter a ortografia da língua portuguesa de Moçambique.

Coordenação editorial: Rosana Morais Weg
Projeto gráfico e capa: Amanda de Azevedo
Diagramação: Carolina da Silva Menezes
Ilustração: Brunna Mancuso

Dados Internacionais de Catalogação na Publicação (CIP)
(Câmara Brasileira do Livro, SP, Brasil)

Bata, Clemente
   Outras coisas : contos / Clemente Bata. --
São Paulo: Editora Kapulana, 2016. --
(Série Vozes da África)

ISBN 978-85-68846-12-4

   1. Contos moçambicanos 2. Literatura africana
I. Título. II. Série.

16-01632   CDD-869.3

Índices para catálogo sistemático:
1. Contos: Literatura moçambicana   869.3

2016

Reprodução proibida (Lei 9.610/98).
Todos os direitos desta edição reservados à Editora Kapulana Ltda.
Rua Henrique Schaumann, 414, 3º andar, CEP 05413-010, São Paulo, SP, Brasil.
editora@kapulana.com.br – www.kapulana.com.br

Vous connaîtrez la vérité, et la vérité vous rendra libres.
Jean 8:32

Dedicatória

Agradeço a Deus por Outras Coisas que fez e continuará a fazer na minha vida.

A
Dedete, Neil, Naya e Dani Santos que me ensinam a vida que vou degustando.

Apresentação
11

Como um começo... - Nota do Autor
13

Os retratos sociais e a alegoria dos nomes em Outras coisas, de Clemente Bata - Aurélio Cuna
15

Marozana
21

Jubileu das Dores
29

O bode
41

O embrulho
47

O outro lado do mar
57

A detective
71

A mão da filha de Nzualo
81

O encontro
89

Um corpo no Vale S
97

O homem do rádio e Mailinda
101

Ximamate ngura ngura
113

O rabo do tio Maçónico
121

Glossário
129

Apresentação

Quem é CLEMENTE BATA? A Editora Kapulana foi apresentada aos poucos ao escritor. Esses encontros e reencontros deram-se em momentos diversos em que a editora se debruçava sobre a literatura moçambicana.

Em 2010, Clemente Bata lançou seu livro de estreia, de contos, *Retratos do instante*. Por ocasião da apresentação do livro, em 23 de junho do mesmo ano, o respeitável estudioso de literatura moçambicana Prof. Francisco Noa anunciou: *Para terminar, sem necessariamente ser concludente, diria que Clemente Bata iniciou hoje um caminho. Sendo esta a sua obra de estreia, acredito que é um início promissor.*

Ainda em 2010, em sua participação "A narrativa moçambicana contemporânea: o individual e o comunitário e o apelo da memória", no IV Encontro de Professores de Literaturas Africanas de Língua Portuguesa, realizado em Ouro Preto, Minas Gerais, Brasil, Prof. Noa referiu-se ao livro de contos de Bata: *É, entretanto, na tensão entre o individual e o comunitário que se adensam os enredos desenhados, por exemplo, por Clemente Bata, no conto "A promessa".*

No início de 2015, quando a Editora Kapulana decidiu publicar no Brasil o livro de Francisco Noa, *Perto do Fragmento: a totalidade. Olhares sobre a literatura e o mundo*, deparou-se com as impressões documentadas de Noa sobre a obra de Bata.

Os laços entre a Kapulana e a obra de Clemente Bata foram fortalecidos quando, em maio de 2015, Noa recomendou o escritor diretamente à editora: *O Clemente Bata é [...] outro jovem com uma escrita de qualidade e apelativa*. A partir desse momento, o contato com as narrativas inéditas de *Outras coisas* foi intenso e ininterrupto.

A Editora Kapulana agradece a Francisco Noa, que nos apresentou Clemente Bata; a Aurélio Cuna, estudioso também moçambicano, que nos presenteou com um prefácio em que alia o rigor científico à emoção literária; e a Brunna Mancuso, ilustradora brasileira que nos apresenta peças de arte que conversam com sinceridade com os textos do autor.

Agradecimentos especiais vão para o autor Clemente Bata, que confiou na editora Kapulana ao lhe fornecer uma obra inédita, lançada em primeira mão no Brasil.

Editora Kapulana
São Paulo, 03 de março de 2016.

Nota do Autor

Como um começo...

Outras Coisas decorrem na imitação das palavras que arrumam e desarrumam o dia a dia, como o *big* que de *bang* não tem nada, e tal o vão em que se torna uma casa, se lhe matarmos o dono. Elas escapam à vista nua, como a espinha da casa que quer ser prédio.

    O normal é roupa do hábito, cujo tecido são entrelaçados de linhas de paciência, essa outra ciência que emerge, espera, embosca as pessoas deste palavreado que se tornou livro. E a vista esfola a mentira que ginga a sua verdade. Aí, as palavras, como sepulcros do medo, da dúvida, que nos vão entretendo, reacendem o caminho.

Clemente Bata
Maputo, janeiro de 2016.

Os retratos sociais e a alegoria dos nomes em *Outras Coisas*, de Clemente Bata

Se os títulos das obras funcionam como chaves de leitura, *Outras Coisas*, título do segundo livro do jovem contista Clemente Bata, parece-me avesso a essa função. Primeiro, a ambiguidade que caracteriza o substantivo "coisa": coisa é tudo o que existe ou pode existir real ou abstratamente, é facto, circunstância, condição, assunto, mistério. Ou ainda: assuntos vários (que não se mencionam), ou seja, coisas e loisas. Segundo, o pronome indefinido "Outras" que nos remete ao diferente, ao diverso, potencia esse campo de indefinição enunciado pelo termo "coisas". Portanto, ao invés de iluminar o caminho da leitura, o presente título conduziu-me a questionamentos: de que coisas se trata? matéria para 'outras'? Ou seja, que sentido(s) se projecta(m) no título, enfim, na obra? A resposta a estas questões reside no facto de o quotidiano dos africanos se firmar como uma ficção inesgotável, segundo refere Francisco Noa, em texto de apresentação do livro de estreia de Clemente Bata, em 2010. E isso não é casual. Decorre da inserção e percurso de Clemente Bata na literatura moçambicana.

O autor inicia a sua actividade literária nos finais da década de 80, fase áurea da literatura nacional, produzida no período pós independência. De realçar que foi em 1982 que se fundou a AEMO (Associação dos Escritores Moçambicanos), agremiação cujo compromisso é promover a actividade literária, através da realização de tertúlias, prémios, edições e publicações, produção de revistas literárias, como são os casos de *Charrua*, *Forja*, *Lua Nova*, *Oásis*, entre outras actividades. No que concerne à publicação, destacam-se os trabalhos de Mia Couto, Ungulani Ba Ka Khosa, Aldino Muianga, Isaac Zita, Juvenal Bucuane, Aníbal Aleluia, Lília Momplé, Eduardo White. Assistiu-se, portanto, a uma verdadeira efervescência literária que, apadrinhada por escritores e poetas já consagrados como Luís Bernardo Honwana, Orlando Mendes, José Craveirinha, Rui Nogar, entre outros, mobilizou e influenciou a juventude da época. Trata-se de uma camada de jovens que herdou dos autores mais experientes, entre outros aspectos, o culto da temática virada para o real circundante, com maior incidência para a crítica social. São, pois, histórias do dia a dia dos moçambicanos que compõem a presente obra. Com efeito, Clemente explora os espaços rural, urbano e suburbano, cotejando sobretudo os conflitos típicos das relações humanas, com particular enfoque para as questões da transgressão da ordem seguida da consequente punição. Por exemplo, em "Jubileu das Dores", relata-se o desalento de Jubileu das Dores, depois da falsa revelação de que era portador do vírus causador de SIDA. Sofrimento que terminaria, nove anos depois, quando ficou esclarecido que tudo não passava de um plano doloso do enfermeiro Djabo, que, por práticas indecentes fora suspenso do serviço. No conto "Marozana", a morte foi o castigo máximo para Xpera-Pôko, responsável pelo roubo de uma cabeça de vaca e assassinato do respectivo proprietário, Guedjo. Em "Um corpo no vale S", Tiro-e-Queda, na companhia dos comparsas que pretendiam assaltar os transeuntes, morre ao tentar fingir que está em estado de coma.

Observador atento da realidade em sua volta, Clemente confirma, nesta obra, a sua vocação de contista. Com efeito, em curtas histórias, o autor narra as mais complexas situações do seu meio, desde o amor, o crime, os linchamentos populares, o alcoolismo, o drama dos empregados domésticos, as brigas conjugais associadas aos telefones celulares, os sequestros, a violência doméstica, até aos excessos dos servidores públicos.

Para terminar, confesso que ler *Outras Coisas* é experimentar o prazer e privilégio, pouco comuns nos nossos dias, de tomar contacto com uma escrita de elevado grau de fineza, quer do ponto de vista estético, quer no que toca ao rigor na linguagem. Legitima, portanto, a função pedagógica da literatura.

Aurélio Cuna
Maputo, 26 de janeiro de 2016.

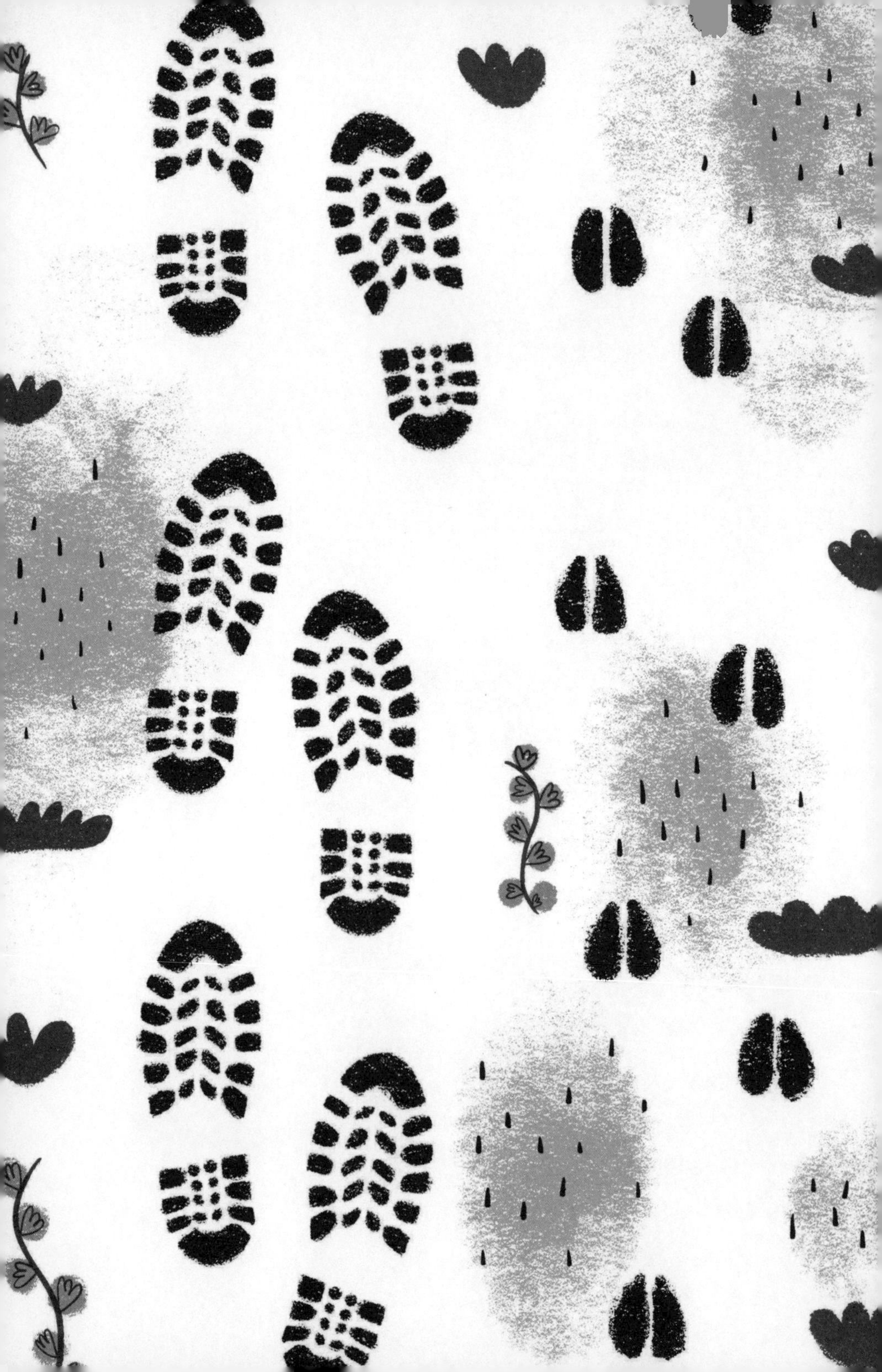

Marozana

Na noite de missa pela morte de Guedjo, concentravam-se, no centro do quintal do defunto, homens que jogavam cartas, mulheres que rodeavam Makhudzi e Rosinha, as viúvas, e gente que se interrogava. Circulava nos semblantes e nos murmúrios a suspeita de que as viúvas estavam na origem da morte.

– Vejam só, o falecido já nem dormia com Makhudzi, a mais velha, mas lembrar mais para quê?!... – cochichou alguém.

Ninguém ligou. Comia-se e bebia-se. Intercalavam-se piadas. Grilos cantavam e uma fogueira respondia aos assobios do vento.

Mpulani era o único que não alinhava. Estava do lado do alpendre, um reformado telhado de zinco, ao lado de um maticado, apoiado por duas estacas e por blocos colocados por cima, para que as chapas não se levantassem. Pousava seus cinquenta anos num tronco de árvore, cotovelos sobre os joelhos, palmas da mão protegendo a careca. Pensava no compadre, o masseve, como se tratavam mutuamente.

Havia seis meses, Mpulani ia mesmo oferecer o peixe que prometia ao masseve, fazia muito tempo... Criador de gado desde pequeno, Guedjo experimentou a pesca. Largou. Deu a sua rede a Mpulani, a quem confiou os segredos do ofício.

Mpulani suspendeu as cogitações quando um homem entrou no quintal. Como pirilampos, os presentes focaram o intruso. Cessaram as cartas, pousaram-se as carnes e os copos; as mulheres taparam a cara com as capulanas... calaram-se os grilos.

– É o Xpera-Pôko, o homem das botas!... – segredou o silêncio.
– Queeem? Como é que este homem atreve-se a chegar aqui? Como?! – espantou-se baixinho uma voz.
– Esse Xpera-Pôko é mesmo atrevido. Ele pensa que ninguém sabe que Rosinha é amante dele... – soprou uma outra voz.

A última vez em que se encontraram Xpera-Pôko e Guedjo, foi no dia em que, ao acordar, este foi surpreendido por pegadas espalhadas dentro do seu quintal. Em vez dos habituais sulcos da vaca, eram marcas de botas militares que se seguiam, atravessando os limites do quintal, em direcção ao poente...

Bandidos armados?! Que bandidos, se a guerra já terminou?! – gesticulava Guedjo. Seguiu as pegadas, atiçado por rumores sobre a nova moda... os bois agora andam de botas, de noite, e abandonam os donos – falava-se, nos arredores. Só quero a minha vaca e mais nada! – dizia para si, Guedjo, apressando a sua determinação.

Semanas antes, tinha sofrido um roubo. Cinco cabeças de gado! – indignara-se. Restava-lhe uma: Marozana, a tal que desapareceu naquela madrugada. – Essa tenho que encontrar, ah, vou! – bateu com o pé na poeira.

Coxeou, como desde a infância. Paciência tem limites – murmurava. Parou junto à rua, onde terminavam os sulcos das botas. Nem o sol que o assediava, nem os seus quase sessenta anos dissuadiam os passos que desafiavam teimosamente a terra batida. Cruzava romaria de gente com fardos, que o divisava, o saudava. Estacionava, por vezes. – Isto já é demais! – desabafava. Uma das vezes foi quando se encontrou com velhos companheiros do mar: o masseve Mpulani e outros dois pescadores.

– Ah só pode ser que a tua vaca vai ser esfolada hoje, e nem duvides disso! – disse um dos homens.

— É melhor ires ao matadouro. Segue esta picada até à via férrea, depois vira assim, em direcção a Xikheleni, talvez tenhas sorte — acrescentou o segundo.

— Não estou a ver bem essa história. Cuidado com Xpera-Pôko! Lembras-te do antigo miliciano, aquele demónio de quem te falei, uma vez, e que agora é polícia? — advertiu o masseve.

Guedjo acariciou a barba. Recordava-se do miliciano que no tempo da fome chamboqueara Mpulani. Este recusara dar banho ao velhote, como chamavam ao frondoso canhoeiro lá da sede do partido. Era a punição, por ter sido surpreendido a caminho da bicha de pão, com outros madrugadores.

— Vê se não te demoras. Promessa é dívida! É a primeira vez que apanho um como este — Mpulani exibia um peixe pedra gigante. — Vou levar à tua casa, hoje.

— Oh... não precisa tanto, masseve. Vem só a minha casa conversar, é mais do que bastante.

— É preciso sim. É como o primeiro salário de um filho que se preze. Não se recusa... dá sorte... não quero morrer com essa dívida... demorou mas chegou — sorriu Mpulani.

Guedjo já não prestava atenção. Desventrou a tempestade de areia, sabendo a ocre, que lhe avermelhava os cabelos e as pestanas. Arrastou-se até à exaustão. Ruminava. Estacou. Lá de longe via o dumba-nengue. Os lábios esbranquiçados desprendiam-se-lhe e deixavam entrever a língua ressequida.

Ao chegar a Xikheleni, os olhos perderam-se no enxame de gente. Andou meio quilómetro, às voltas, no mesmo recinto. Parou de novo.

— Sabem onde se abatem vacas? — perguntou a uns passantes.

— É ali naquela bicha aliiiiii! — mostraram-lhe a extremidade oposta.

Deu meia-volta. Mergulhou-se na algazarra da multidão que andava às corridas, dos chapas-cem que afluíam e arrancavam, do preço ambulante das coisas que soava em coro. Cheirava a uma mescla de carne fresca, bosta, catinga e lama. Na bicha, tal uma serpente que não andava e que crescia, engordava a impaciência das pessoas cansadas de inventar assunto, à espera da carne para o Natal. Uma voz saiu do matadouro. Carne acabou!... Aaah... rebentaram apupos. Calma... calma... – sossegou a voz. – Vamos agora mesmo abater a última cabeça.

Guedjo não esperou. Nem pediu para entrar no matadouro. Introduziu-se. Quero falar com o proprietário – disse lá dentro. Espalhavam-se compradores e o pessoal de serviço. Ouviam-se assobios, gargalhadas e ruídos de facões. Entrou numa sala contígua, onde o gado esperava antes de ser abatido. No interior, estavam, para além dos cortadores, o proprietário e o polícia de serviço.

– Hei, aqui não! – falou o polícia. Trazia um kalashnikov no ombro e um par de algemas que balanceavam na cintura. – O que é que você quer aqui?

– A minha vaca – afirmou, ao reconhecer Xpera-Pôko.

– Aqui não há sua vaca aqui.

– Como é que o senhor fala assim com tanta certeza?

– Sou da lei e ordem! – o polícia agravou o tom.

Escoltado pela curiosidade que brilhava no sorriso das pessoas, Guedjo atravessou o compartimento. Parou ao ver uma vaca sentada. Seu espanto foi arrepiado por marcas de botas militares que decoravam o húmido da terra. Examinou-as. Afinou a desconfiança. São as mesmas marcas! – meneava a certeza. Virou-se, nesse piscar de olho, para o polícia que, desautorizado, continuava a decorar o chão com as botas.

— Está ali a minha vaca! – gritou.
— Que... que sua vaca coisa nenhuma, madala! Sa... saia! – gaguejou o dono do talho.
— Não saio daqui sem a minha vaca!
— Esta vaca é minha e você vai sair daqui aos pontapés, se for preciso. Polícia!!
— Ah, a vaca é sua!... Onde é que a encontrou? O senhor esteve presente quando ela nasceu? – exaltou-se Guedjo.
— Não é da sua conta. Nascer... nascer!... Acha que isto aqui é gente? Já agora, quem foi a parteira? Você só pode não estar bom da cabeça! Polícia, tira-me lá este maluco daqui!
— Senhor polícia, largue as minhas calças! Vou sair de livre vontade, mas numa condição.
— Ha ha ha! – riu-se com sarcasmo Xpera-Pôko. – Que condição?!
— Se a vaca for deste senhor, então que ele fale com ela – desafiou o velho.

O compartimento desatou à gargalhada, contaminando a multidão lá fora, que acabou apinhando os olhos na janela.
— Podem rir-se!... Riam-se!... Mas se este senhor for o legítimo dono, a vaca vai aceitar conversar com ele.

As gargalhadas irromperam de novo, até que o dono do matadouro falou em voz alta e em tom de gozo:
— Tudo bem, por que não começa você, meu amigo, a falar com a "sua!" vaca?!

As pessoas poupavam agora os risos, afunilando a vista... Guedjo aproximou-se do centro da sala e declamou para a vaca... com punho cerrado e voz que fazia inchar as veias da testa e do pescoço:
— Marozana, sekeleka Marozana u va komba! Gwira Marozana! –

disse e repetiu – Levanta-te e mostrar-lhes! Ginga, Marozana!

Preso numa corda longa, amarrado a um ferro, no centro da sala, o bicho ergueu-se. Sacudiu a poeira e mexeu a cauda. Fixando o olhar em Guedjo, e com estilo de guerreiro, o animal abanou a cabeça e deu meia-volta. – Nhima, Marozana!... – disse Guedjo. A vaca ficou imóvel. – Tsama! – ordenou. Ela sentou-se.

– O que é isto? – gritou Xpera-Pôko.

– É a minha vaca! Minha Marozana! – bateu com a mão no peito.

– Vaca o quê? Isto é, mais é, feitiçaria! Porcaria!!! – agitou-se o agente. – Tu estás preso e vais responder por desmandos e obscurantismo.

– Preso? Só se eu for com a minha vaca!

– Vais responder também por desacato às autoridades – manejou as algemas.

Guedjo arrancou as algemas. Deitou-as pela janela... – É minha... minha vaca!... – repetia – até que a paciência do polícia se esgotou.

– Isto aqui vai tossir... – praguejou o polícia, empunhando o kalashnikov, e alvejando o homenzinho que soluçava e apalpava o animal... Marozana!... Minha Marozana!

– Para com essa mentira... isto vai tossir hein... vai tossir mesmo! – transpirou Xpera-Pôko, endemoninhado, manipulando a espingarda. A arma obedeceu ao compasso duas vezes, à terceira, não esperou nem um pouco, tossiu um estrondo que fez estremecer o matadouro. A vaca mugiu. A gente, de barriga para o chão, relembrando o tempo da guerra, levantou-se e desapareceu. Guedjo caíra que nem um touro... deslizava-lhe um fio de sangue, da testa até à orelha.

No enterro de Guedjo, cânticos faziam esquecer o polícia

que se passeava pelo bairro. Acusado de legítima defesa, hospedara-se um dia na esquadra.

No dia da missa dos seis meses, contra o silêncio dos presentes, boa noite, disse Xpera-Pôko. Mpulani desviou a cara, levantou-se e desapareceu. O recém-chegado apoiou-se numa das estacas do alpendre. Nesse entanto, roçando a chapa de zinco, um bloco mugiu, qual bode calando a fúria do vento, e atingiu-o no crânio. O homem agonizou, rebolando no chão.

Ooooh... quando a água se entorna não há como recuperá-la – cochichavam as vozes. O corpo de Xpera-Pôko foi removido ao amanhecer, depois que a polícia de investigação começou a investigar os rumores.

Marozana... eish! Outras coisas! – cruzavam-se murmúrios, no bairro.

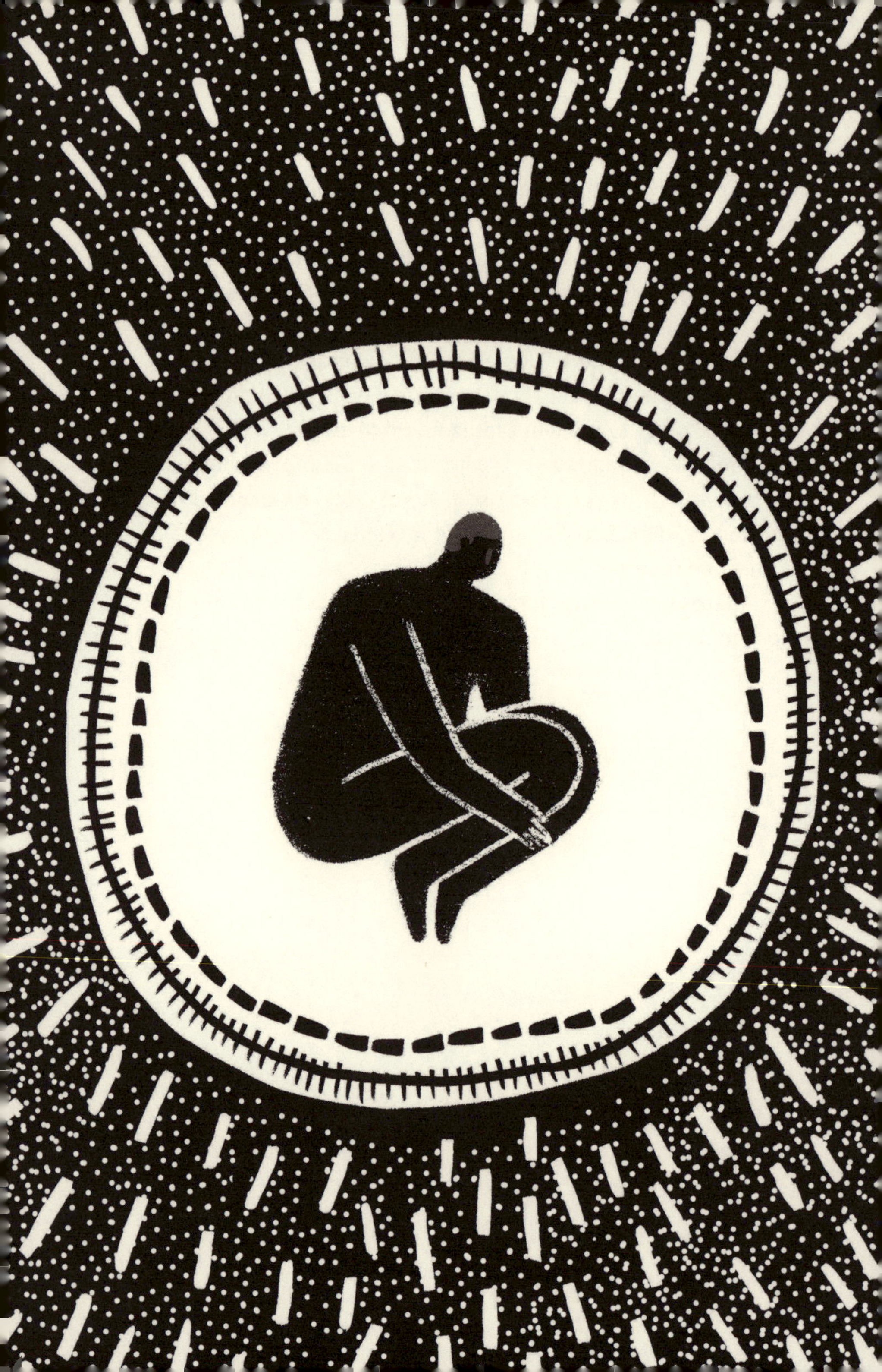

Jubileu das Dores

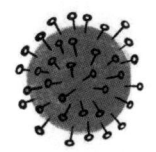

Jubileu das Dores! – ecoou a voz do enfermeiro no corredor do hospital distrital.

Pronto! – ergueu-se Jubileu, ante o olhar dos pacientes perfilados em frente ao consultório médico, que maldiziam aquele hospital e o seu sistema de atendimento.

– Olhem para aquilo... – sussurravam – chegámos aqui de madrugada e o quê? Só atendem os seus familiares. Vamos morrendo aqui e eles vão dançando por cima de nós.

Tudo bem, Djabo? – saudou Jubileu, agradecendo com um sorriso, ao enfermeiro, seu antigo colega de escola, que lhe abriu a porta do consultório.

O médico estava sentado numa cadeira de madeira, pintada de branco. Os dedos tamborilavam na secretária.

– O senhor deu sangue para salvar o seu pai, é isso? – falou o médico, os olhos espreitando por cima das lentes.

– É isso sim – assentiu Jubileu, acedendo ao gesto do generalista que o convidava a sentar-se.

Examinando um processo, o médico demorou um suspiro e colocou os óculos por cima da secretária. Limpou os olhos.

– Sô Djabo Nhanala, peça para certificar esta informação – disse ao enfermeiro, entregando-lhe o processo.

– Sim, Doutor – o enfermeiro recebeu o processo.

– Então, senhor Jubileu, você é ainda jovem. Tem vinte e quatro anos...

– Vinte e cinco.
– Ah... vinte e cinco – o médico rectificou a ficha e pousou a caneta. – É casado?
– Tenho uma noiva.
– Vive com ela?
– Vivo, sim, desde que ela teve o nosso recém-nascido.
– Recém-nascido? – o médico parou o movimento das pestanas.
– Sim, Doutor, sou pai. Vamo-nos casar daqui a quatro meses.
O médico bateu nos dentes com a caneta. Mordiscou-a. – Muito bem! – levantou-se, pôs as mãos nos bolsos e circulou o seu silêncio.
O enfermeiro entrou. Está confirmado, Doutor – Djabo entregou o processo e voltou a sair. O médico sentou-se e releu.
– Sô Jubileu – disse. – Você vai ter de ser forte. O que lhe vou dizer não significa o fim de tudo. Estes são resultados dos seus exames. Está preparado para qualquer informação?
– Doutor, o que mais quero é salvar o meu pai.
– Perfeito. Tenho duas notícias. A primeira é que o seu pai vai ser operado e já não será necessário fazer transfusão.
– Uf!...
– Portanto, não se preocupe mais com isso. A segunda... bom... você tem vírus de imunodeficiência humana.
– Desculpe... – levantou-se.
– HIV.
Jubileu sentiu o chão desaparecer-lhe nos pés. Com a mão na testa, suspendeu a respiração. Os olhos arregalavam o rosto do medo e contaminavam as mãos que se enervavam.
– Tenha calma. Sente-se, por favor! – aconselhou o médico, acariciando a barba e coçando os miolos... Bom... agora é preciso ser homem. Enfrentar a realidade.

Jubileu escondeu-se no silêncio. Com os olhos que recusavam abrir-se, rosnava... não, Doutor... não... tudo acabou! Acabou!
– Não acabou nada... agora está tudo a começar, Jubileu.
– Doutor pode explicar-me por que me diz essas coisas todas?
– Porque está contaminado, só isso. Ainda não está doente – afirmou, entregando-lhe os resultados. Sente-se, por favor.
– Mas, Doutor, como é que uma pessoa pode ao mesmo tempo estar doente e não estar? – sentou-se Jubileu, boicotando o papel. Depois, sacou-o da secretária, meteu-o no bolso das calças. Sentou-se. Mais calma, a voz cooperou.
– Está bem. O que posso fazer neste momento? Doutor, o que devo fazer?! Estou perdido.
– O melhor caminho é a verdade – disse o médico, após compasso. – Encará-la de frente. Fale com a sua família. Explique. Receberá apoio, pode acreditar. Agora existe acompanhamento médico. Se precisar de qualquer coisa ou se tiver alguma dúvida, não hesite, venha ter.
– E a minha família, Doutor? E lá no serviço, como vai ser? Oh... é o meu fim...
– Eles sabem que é como com outra doença qualquer. Hoje isso já não é grande problema. Tudo depende de si. E repito, você ainda não está doente. Está na fase inicial.
Jubileu convocou a família, que não percebia porquê mais uma reunião, assim do nada, depois da do dia anterior, sobre o casamento. Agruparam-se nas mafurreiras, como chamavam a casa dos pais, onde ele vivia. Havia lá duas mafurreiras...
O que será? – cruzavam-se interrogações... hãããã ok... só pode ser sobre a doença do mano... – apostou Armando, irmão do pai... Se calhar não – reagiu Filimone, irmão mais velho – para isso, não era preciso assustar-nos com REUNIÃO

URGENTE!!... Não está o papá ali sentado a conversar com a bengala dele?!

Jubileu chegou. Calaram-se todos.

– Dizem que tenho HIV – irrompeu a voz, sem as rituais saudações!

Cruzaram-se olhares em câmara lenta, suspiros e eh paa...

– Tens a certeza?

– Estão aí os resultados, mano Filimone – atirou-lhe o amarfanhado do papel que tirou do bolso.

– Oh paa... paciência!... Mas essa doença já não é bicho de sete cabeças. Hoje a malária mata mais – amenizou o tio Armando.

– Paciência... – falou Filimone – sabes, um homem deve sempre esperar tudo na vida. Tu até tiveste a coragem de te abrires. Força, meu irmão.

Mais ninguém comentou... Saíram um por um. Jubileu pensava na mulher. Eila viajara, por dois dias, com o filho, para os preparativos do casamento. Regressou, naquele dia. Ele não lhe deu tempo.

– Tenho que falar contigo – disse, entrando no quarto.

– Como assim "tenho que falar contigo"?! Quer dizer, nem "boa tarde", nem "como é que foi a viagem?"... nada!

– Ouve, ouve...

– Que tom é esse, Jubileu? Estás a assustar-me. Assunto sério? – Eila desprendeu a criança das costas e pô-la na cama. Sentou-se.

– Muito sério.

– O que é... as datas?

– Não.

– Alguém morreu?

– Pior.
– Como, assim, pior? É o quê?
– É sobre a minha saúde. Estive no hospital, como tu sabes, para dar sangue. Fiz exames.
– E então?
– Dizem que tenho HIV.
– Hã?
– É isso.
– Agá e quêê? Eh eh eh eh... nada! Volto já... – ela largou a capulana que trazia e voou.
– Eila! – ele gritou, em vão. Percorreu o vazio, com os olhos. Atirou-se à cama. Adormeceu. Despertou-se, hora depois. Tens que acabar definitivamente com isto – segredava seus pensamentos ao peito. E o bebé?! – recuou. A criança estava nos braços dele. Chorava. Cansou-se e voltou a adormecer. Colocou-a de novo na cama e ficou a espreitar. Pela janela, viu Eila a chegar. A porta do quarto chiou. A criança acordou.
– Lê esta coisa – ela entregou-lhe um papel.
– Foste fazer teste?
– Como vês!
– Foi tão rápido.
– Alguém facilitou.
– Só pode ser o Djabo Nhanala!
– E se for? Que mal isso tem? Estás a insinuar... é um velho admirador, apenas isso!
– Eu não disse mais nada. Sei que esse Nhanala não quer largar a tua saia, mas eu só disse isso porque me encontrei com ele no hospital. E até foi muito simpático comigo. Graças a ele, fui despachado logo. Vejo que o teu resultado é negativo.
– E é negativo! Agora tu vais explicar-me o que andaste a fazer.

— Eu não percebo e não sei o que isto significa.
— Significa que te prostituíste... só pode! Que eu saiba, nunca deste sangue, nunca te tatuaste, o cabelo cortas com tesoura aqui em casa, ou não me digas que começaste a injectar seringas?...
— Eila, por favor... eu-não-fiz-naaaa-da!! – a voz enrouquecia.
— Para de ser teimoso! Aproveitaste-te da minha gravidez para vacalhares, isso sim... vocês os homens... não pensam noutra coisa... olha, agora! E eu? O nosso casamento... o teu filho? E tu próprio? – ela gritava. Ele nem prestava atenção. A criança chorava.

Dias depois chegou ao serviço, uma loja de venda de peças de carros. Ao chegar, foi directamente ter com Sô Amadeu, o patrão, que estava estacionado num banco, examinando uma peça.
— Ju-bi-leu-das-Do-res! – Amadeu batia em cada sílaba, com voz metálica e em tom de alerta. – A faltar muito, Jubileu! Sabes que vais receber metade do salário este mês? O que é que se passa contigo, rapaz? Já resolveste o problema de saúde do teu pai?
— Não.
— Porquê?
— Não estou bem.
— Já começaste a inventar histórias! – parou de mexer na peça e fitou-o.
— O hospital diz que tenho HIV.
— Iiii – ao levantar-se, Amadeu deixou cair a peça... O quê?! – deu voltas no compartimento, enquanto a peça terminava a sua pirueta. Parou. – Desculpa a minha reacção, mas... como é que isso aconteceu? – abanou a cabeça, soergueu-se. – Nem sei por que te pergunto isso, mas, olha, tu precisas, mesmo, é de descansar. Vai para casa, volta cá daqui a uma semana e aí conversamos.

E conversaram, semana mais tarde. Você deve descansar! – caiu a decisão. Em casa, Jubileu trancava-se no quarto.

– Tens que viver a vida – Eila relatava. – Vai ao hospital para o tratamento, pelo menos.

– Tratamento de quê?

– Diz-me uma coisa...

– ...

– Alguma vez usaste preservativo?

– Não.

– Não!!! – ela carregou no "não". – E dizes isso, assim mesmo, Jubileu, como se te marimbasses completamente para o que isso significa!

– Nunca usei porque tu és a única pessoa com quem...

– Tsaa... para! Para com isso, pelo amor de Deus! Deixa de ser criança e assume... pôxaaa! Pensas que eu sou o quê? Serve para quê mentir agora? Para quêê? Olha para as evidências – ela olhava-o nos olhos... – Desta maneira só vais piorar cada vez mais a tua situação. Olha para ti. Pareces um palito. Mete na tua cabeça uma coisa: o mal está feito, está feito. É melhor tratares disso, enquanto é cedo.

– Tratar o quê, Eila... tratar o quê?! – indignou-se Jubileu.

– Não estou a entender, sabes! Vai a um sítio qualquer, buscar paz espiritual... volta à igreja, pronto!

– É!

Encolhido no seu canto, ele ficava a ler. Uma vez, Eila interrompeu-o. – Deixa lá ver o que estás a ler... hã?? Evangelho! Fazer o quê? Mas tens que ir ao hospital – ela disse. Ele continuou a ler. Saía pouco de casa. Ia à missa. As pessoas não mais olhavam para ele, espiavam-no. Seus olhos interrogavam o vazio. Quando Eila ficou grávida e teve uma filha, ele não ligou.

Nem quando se dizia que o pai da criança era médico.
Uma vez, foi ao hospital. Febres. Tonturas. Diarreia. Encontrou o mesmo médico de há nove anos. Ficou internado uma semana. Melhorou. Ia receber alta. O médico tamborilava. Estava na mesma cadeira de madeira, agora acastanhada... que estalava e fazia cuem cuem, num movimento para frente, para trás. Pousou os óculos. Limpou os olhos.
– Senhor Jubileu... sente-se. Seu caso é sério... muito sério! – as palavras atraíam os olhos de Jubileu para fora. – Estive a analisar o seu caso tintim por tintim... tintim por tintim, está a entender? Após investigação, exame após exame, análise após análise, temos agora a certeza absoluta de que graças a Deus você não tem HIV coisíssima nenhuma, paaa?! – O coração de Jubileu bateu como um trovão, e o médico prosseguiu. – Houve um erro quando você veio cá há oito, nove anos, se não me falha a memória. Afinal tinha havido troca de resultados das análises. E como o senhor nunca mais cá veio... percebe, quando essa gente do hospital não quer fazer as coisas como deve ser, é assim! Isto merece uma punição exemplar, sabe?! – entregou-lhe os resultados. – Agora vá para casa e conte a boa nova a todos – bateu com as mãos na secretária e pôs-se de pé.
Os olhos de Jubileu das Dores despertaram-se. Misturavam-se-lhe susto e sentimentos desconhecidos. O médico acompanhou-o até à porta.
Como se saísse de catacumbas, a custo chegou a casa. Não falou com ninguém. Pouco mais tarde, saiu.
Os familiares leram os resultados. Eh paa... que notícia boa! Onde é que ele está?
– Ele foi assim! – indicou-lhes um miúdo. Às tantas foi festejar! – comentavam, às pressas. Ah aquele ali foi beber, a

esta hora, para recuperar o tempo perdido... hê hê hê para relembrar os velhos tempos. O que conta agora é que ele está salvo! – diziam as gargalhadas.

    Atravessaram um pequeno matagal. Viram Jubileu no alto de uma árvore de tintsiva, com corda no pescoço, à espera de sinal. O que é isto?? – os passos aproximavam a estupefacção.

    – Imagino o que estão por aí a pensar – arrastou a voz de Jubileu. – Sei que para vocês, o espectáculo continua. Batam palmas... a peça chegou ao fim. A última coisa que devem saber é que entrei há pouco no hospital, estava tudo claro, saí de lá, tudo ficou escuro... mais nada faz sentido...

    – Meu filho – ronronou o pai, apoiando-se na sua bengala. – O culpado de tudo isto sou eu. Se eu não tivesse ficado doente... ooh, meu filho... aceita o meu pedido de perdão e desce daí!

    – Não faças isso... a vida é a coisa mais preciosa que Deus te deu. Não cometas essa asneira! – disse o tio Armando.

    – É isso mesmo... desce! – entoavam os outros.

    – Por tudo o que é sagrado... desce! Caso contrário o teu filho não te vai perdoar – suplicou Eila.

    – Hãã!... – Jubileu tirou a corda do pescoço. – Por falar em perdão, Eila... – ele passeou os olhos e parou-os. Desceu, controlado pelo olhar de alívio dos presentes. – Não é possível! – ele pigarreou. – O tal médico, pai da filha da Eila, és tu, Djabo Nhanala! Tuuuuuuu? – falava para o enfermeiro, que estava ao lado de Eila. – Djabo, será que tu sabias de tudo? Não... isso não é possível!... Eila, então o teu admirador... oh, agora tudo faz sentido! Há nove anos este homem é que entregou os meus resultados das análises ao médico! Não é isso, amigo Djabo?

    – É... – anuiu o enfermeiro.

    – E tu foste suspenso no serviço, Djabo! – exaltou-se Eila,

mordendo os dedos. – Não acredito! Então, não me digas que é por isso que corre um processo disciplinar contra ti!

Djabo ficou calado. Murmúrios, olhares confusos, gestos de incompreensão e ansiedade seguiram o mesmo caminho até às mafurreiras.

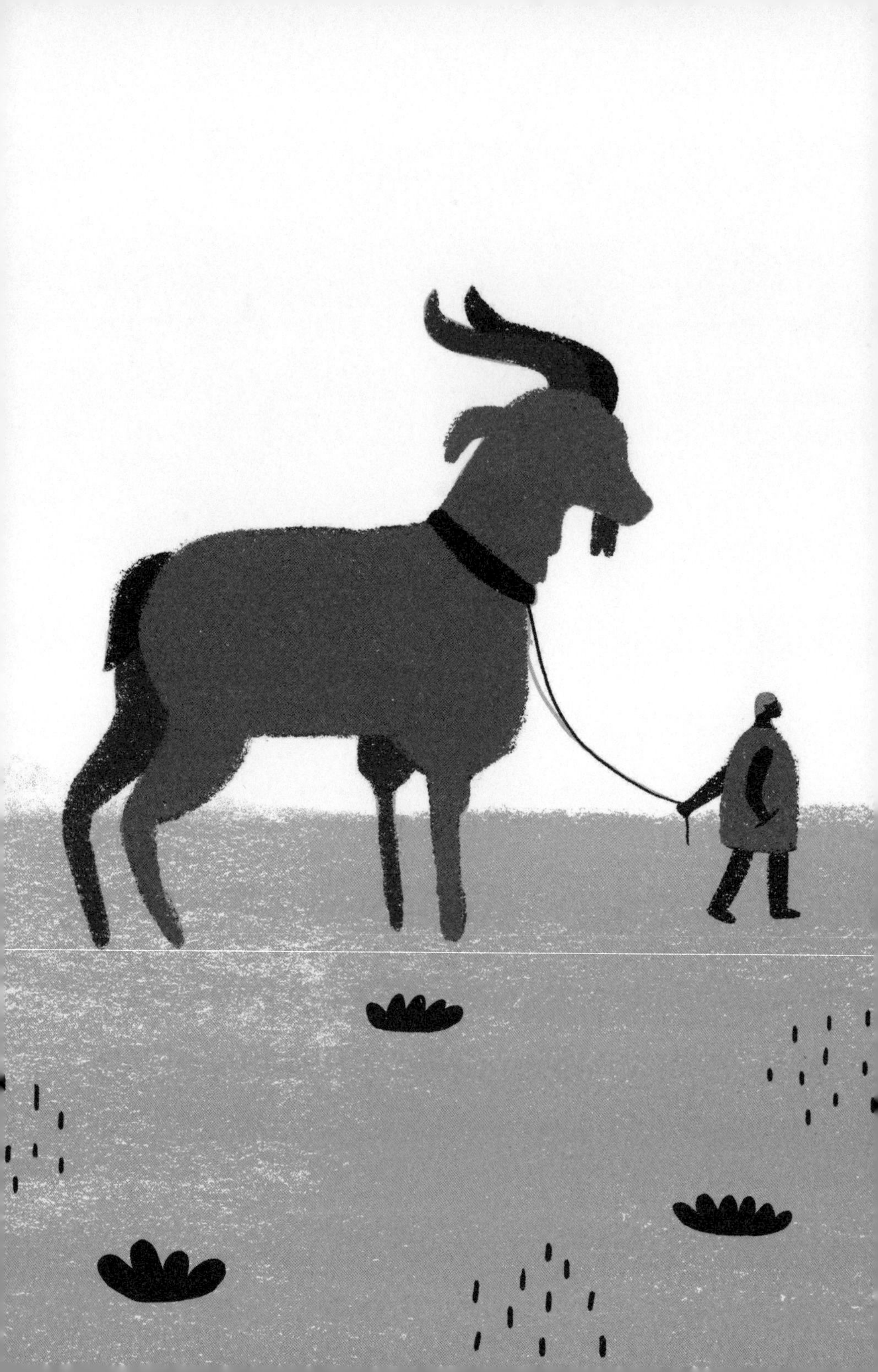

O bode

Vivia, não faz muito tempo, num bairro chamado T4, um homem conhecido por Prenúncio, com três dos seus quatro filhos, e com Mamate, a mulher. Tornou-se famoso no bairro, pouco antes do casamento de Zaveta, a filha. Esta veio a morrer, juntamente com o marido, num acidente de viação, voltavam, de chapa, do passeio nupcial. A fama de Prenúncio e o que aconteceu com a filha foi depois que no bairro só se falava da morte de Andzibhiwe.

Zaveta não teria chegado ao casamento, não fosse a gritaria que soltou meses antes. Com os gritos ela afugentou os homens chamados pelo nome dos objectos com os quais assaltavam residências: Catanas. Roubavam, violavam, assassinavam... Como ela própria dizia, a Providência salvou-a de morte certa. Os espíritos é que te protegeram, minha filha – corrigia o pai.

Os Catanas encolheram quando começaram patrulhas em T4. Gente da vizinhança empunhava, também, catanas e ajuntava pedras e pneus. Quem violasse o recuar obrigatório, e não escapasse à desconfiança, era esquartejado, queimado e enterrado, vivo até.

Prenúncio orgulhava-se. – Com o casamento da minha família ninguém mais vai piar aqui no bairro! – ufanava-se.

Como dizia Mamate, aquela era uma dádiva de Deus. Zaveta é a única que se casou. Joel era pequeno. Aurélio, o filho mais velho, tinha três filhos, cada um com a sua mãe. O segundo filho,

Nyeketa, que decidira não mais falar com o pai, fazia apostas com T4, a bebida lá do bairro: um dia não me vais embebedar mais!

Não tendo grande coisa para oferecer, porque em casa passavam necessidades, Prenúncio levou um dia inteiro para chegar, a pé, à terra onde nasceu. Ia informar os seus pais e os defuntos, sobre o casamento. Voltou com um bode às costas, três dias depois. Foi festa lá em casa. Só se aguardava o casamento.

– Este bode lembra uma antiga promessa da minha avó Zaveta, que dá nome à noiva... – falou Prenúncio – o espírito de Zaveta é forte. Nós somos o que somos, graças a este espírito.

Ele alimentava pessoalmente o bode. Dormia com ele no quarto, até que, nas vésperas do casamento, Mamate reclamou. Temos que ter cuidado com esse espírito, já está a ocupar muito espaço – disse. Nessa noite, ele amarrou o animal fora. A patrulha amainara. Prenúncio despertou-se, sacudido por um pesadelo. Violando o protocolo da desavença que tinha com Nyeketa, ordenou que este velasse.

– Diabo! – gritou Prenúncio, inconformado, ao amanhecer. – Roubaram o bode. Isto só confirma o meu sonho, e mostra que eu tinha razão – falou. – Mas não vai terminar assim! Tu, meu filho, prepara os teus amigos e tragam-me o bode de volta, se ainda esperas bênçãos minhas nesta vida. Faz-me esse favor!

Nyeketa mobilizou homens. Empunhavam paus. Ao sondarem as pegadas que encaminhavam o bode, descobriram o respectivo dono:

– É pé de Andzibhiwe! – jurou um dos homens.

Rapagão de Guhulo, várias vezes surpreendido, no bairro, com patos roubados, Andzibhiwe foi encontrado com o bode. Os patrulhas assaram-no e enterraram-no, respirava ainda.

Zaveta casou-se. Semanas depois, as estruturas do bairro

fizeram o julgamento e determinaram a fonte do problema: Prenúncio. O tribunal condenou-o a 18 anos de cadeia. Não ficou três anos. Evadiu-se. Viajou até à África do Sul, onde lhe eclodiu uma doença sem nome. Consultou um curandeiro. Isto não é uma doença, é um aviso... – alertou o nhanga – o teu mal é grande. Os espíritos exigem que saias, imediatamente, deste país, e que voltes para a tua terra, se não queres que tu e a tua família morram como cães!

Desconfiando do espírito zulo, Prenúncio refugiou-se na Suazilândia. A doença piorou. Resistiu até que lhe chegou a notícia da morte de Zaveta. Voltou. Vivia escondido, numa cave. Só aparecia de noite. Saiu, uma vez, para desvendar o mistério.

– Estou a ver culpa aqui. Há morte nas suas mãos. Confirma? – falou um adivinho.

– Não confirmo.

– Você sacrificou a sua filha, verdade?

– Aquilo não foi sacrifício. Ela só tinha dois homens, o marido dela e o meu falecido avô. Eu até tentei evitar o pior mas, pela prosperidade da família, não havia como divorciá-la do falecido.

– Está conforme. Mas estou a ver perseguição e você a fugir. Confirma?

– Confirmo.

– Uma coisa implica a outra. Como é que você foge e não confirma a culpa? Quem não deve não teme! Não brinque com os espíritos. A única solução é fazer uma missa com um bode, para acalmar o espírito ndau que vocês provocaram.

– Bode? – coçou a cabeça, Prenúncio.

– E não é um bode qualquer. Deve ser um bode roubado.

– Como encontrar um bode, ainda mais um roubado?!

– Roubando!... Esse é o seu destino.

Sentindo as forças escaparem-se-lhe, e quando amadureciam rumores de que Aurélio, o filho desaparecido, tinha sido enterrado numa vala comum, chamou a mulher e um dos filhos.
– Família! – disse. – Estão a ver a ventania que está a sacudir a nossa família?! Não sei quanto tempo de vida me resta. Nyeketa, seja como for, cuida da tua mãe e do teu irmão. Fica sabendo que deves roubar um bode que vai ser sacrificado, para sanarmos a maldição.

O filho cumpriu. A patrulha surpreendeu Nyeketa com o bode. Queimaram-no até morrer.

Mamate que já emagrecia de desgosto, vendo, agora, o perigo a aproximar-se de Joel, o filho que sobrava, internou-o numa igreja. Falou com os patrulhas. Contou-lhe tudo. Por favor ajudem-me – pediu. No mesmo dia, Prenúncio foi roubar um bode. Apanhado pelos patrulhas, foi poupado. Vamos entregá-lo à esquadra, é a melhor protecção – decidiram. A polícia devolveu-o às celas.

Passaram uns anos, Prenúncio agradecia à mulher e ao filho. Pelo menos escapei! – dizia, em liberdade condicional. Joel estudara direito, e defendia o pai. Eish, esta zona! – falavam de T4. Nunca mais ninguém foi lá queimado nem enterrado vivo.

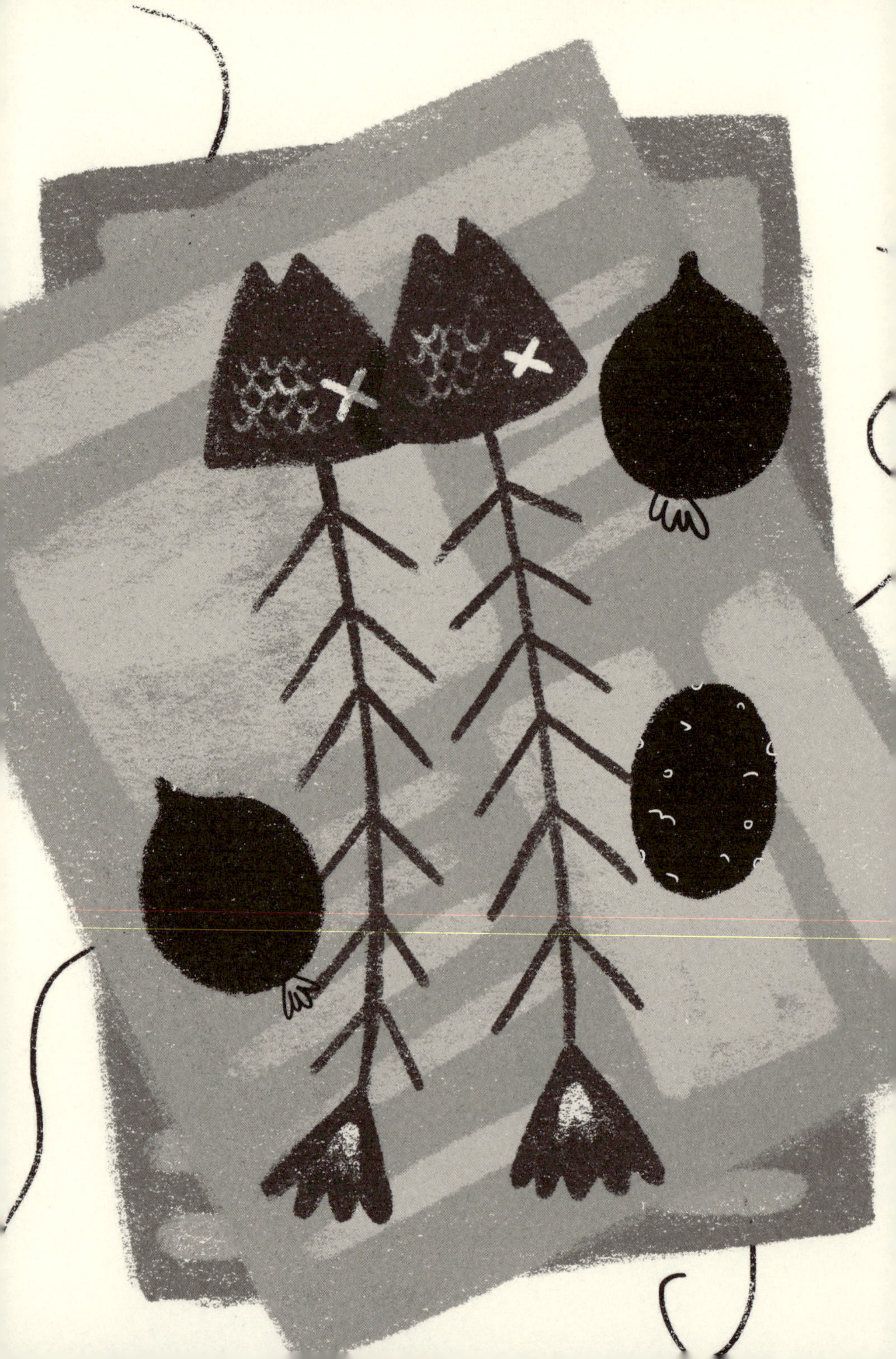

O embrulho

Não preparei o embrulho com aquele tempo e requinte que um presente merece. Foi um quê rapidíssimo, traiçoeiro.

O papel era de jornal. No momento, foi só embalar. Ainda agora, ouço aquele barulho de rasgar, que se transformou no prazer que tive. Diabólico.

A minha patroa estava no quarto a fazer a sesta, o que em ordem de hábito durava não mais de vinte minutos. Senhor Bento, o patrão, voltava naquele dia, da sua missão de serviço nas províncias. Denise não descera ainda do carro escolar. É para ela crescer – disse uma vez a mãe, a propósito da sua única filha. – Ela já tem oito anos e não é preciso que a vás buscar, ao descer do *minibus*. Denise voltava religiosamente cinco minutos antes de a mãe acordar. Ou a mãe é que condicionava a extensão da soneca, à chegada da filha. Naftalino, tão empregado quanto eu, saíra para se ocupar. De facto, eu é que provoquei a saída dele, porque a minha operação era no mínimo delicada, e dispensava terceiros. Vai comprar sal, por favor – entreguei-lhe umas moedas. Lá fez ele o favor de me deixar só.

Eu tinha dez minutos. Tempo bastante para matar as minhas ilusões. Se eu não levasse, lá a casa, qualquer coisa para comer, não era Mutsandzeke que havia de resolver o problema. Ele e as nossas três meninas morreriam de fome. Na melhor das hipóteses ele ficaria a dormir. O meu marido não tinha o sentido das medidas. Mesmo sem tomar refeições, a sua dose de aguardente era de o deixar cambalear. Já que não levei nada a casa, no dia anterior, não houve nem almoço nem jantar. Porque faltavam três semanas para o salário, e que eu não podia nem continuar a abusar da paciência da patroa, com adiantamentos de uma parte do meu ordenado, nem comprometer o mês seguinte, a crise já tinha raízes na minha casa.

Restavam-me cinco minutos. Pulei com a folha de jornal da sala de estar à cozinha. Coloquei duas postas de peixe carapau, juntei duas batatas que saquei do cesto, e mais uma cebola. Acrescentei mais uma batata, para reforçar. Fiz o embrulho. Não houve tempo para encontrar um saco plástico, porque me assustei com o espirro da patroa. Entre o tempo de ela limpar o ranho e se levantar, refugiei-me na sala de estar. Desembaracei-me do embrulho. – Boa tarde, dona Marieta – chamou-me à razão a Denise.

– Sim, bom dia menina, eih... já chegaste?

– Haaa, dona Marieta, pensas que ainda estou na escola? Eu disse boa tarde três vezes, nem me respondeste.

– Trapalhice, menina. Nem te vi. Como já está tarde, estou a pensar nas enchentes do chapa. Ontem cheguei muito tarde a casa.

– É por isso que disseste bom dia?

– Eu disse isso?! Eish, eu também!

Saí para atender Naftalino que me entregava sal. Guardei-o na cozinha e voltei à sala de visita. Ao voltar, a senhora estava a sair da sala. Disse qualquer coisa que não percebi. Denise entrou no quarto dela. Comecei, então, a procurar. O que é isto agora? – falei para mim, atrapalhada. Eu já não me lembrava de onde estava o embrulho. Nem foi não lembrar, a memória estava a zero. Comecei a fazer cálculos. Tracei itinerários na mente, que a mão na testa ia limpando, juntamente com algumas bolhas de suor. Será que o deixei noutro sítio? Não. Só pode ser aqui na sala. Ou a senhora é que tirou!

— Menina, — agachei-me perto de Denise que se instalou na sala e ouvia barulho de televisão — quando chegaste, viste se eu tinha alguma coisa na mão?

— Não — gritou Denise, superando o barulho da televisão. — Só vi que não conseguias dizer boa tarde, porque estavas a tremer.

Minha patroa chamou a filha. Conversaram e depois saíram. Sentaram-se mesmo junto à porta que dava para o quintal.

Continuei a vasculhar a sala toda. Calei a televisão. Precisava concentrar-me. Inventei limpezas. Descobri camadas de pó que se escondiam atrás dos sofás. Limpei as teias de aranha atrás da cristaleira... nunca se sabe! Talvez o embrulho tivesse caído lá. Pensei em sacudir o tapete da sala... peguei no aspirador, ah tsaa... desisti. Senti, naquele momento, o quanto um sufoco pesava.

Entrei na cozinha. Pu-la de avesso e voltei a arrumar tudo. Não é possível! Às tantas, a minha senhora descobriu o embrulho e só está ali a assistir ao espectáculo, como um gato humilhando um rato sem saída ou uma leoa salivando para devorar a sua presa! — eu cismava.

— Grande faxina hoje, xi, dona Marieta, o que é que se passa? — falou Denise.

— Às vezes é preciso — achei o risinho dela cheio de ironia. Pareceu-me repetição de algo que a mãe lhe teria dito.

Não resta mais nada. O melhor é confessar — batia na tecla o meu coração. Não concordei plenamente. Que tal negar tudo em bloco, por mais que seja sob tortura?! — entusiasmei-me. Ya, dizes assim "não sei e nem faço ideia de onde esse embrulho vem!" – respirei fundo. Estás maluca? – falei para o lenço que limpava o ranho – não achas que isso é grave? Para além de teres roubado, estás a acusar a patroa e a filha de ladras... isso é pior! Ela vai perguntar porquê estás nervosa e a fazer estas arrumações todas. Ou pensas que a patroa é burra e vai imaginar que Naftalino transgrediu a norma de ele nunca entrar dentro de casa sem permissão! Ou achas ele tão parvo?!

Voltei à primeira forma. Então tenho que dizer a verdade. É o que vou fazer... oh paa... se perco o emprego... paciência!...

Eu aguardava que a patroa, que falava ao telefone no quarto dela, saísse. Diz à Denise para alertar a mãe – falei baixinho.

– Menina, diz à mamã que já vou sair, mas peço para falar com ela.

Denise bateu à porta, espreitou a mãe, voltou e fez um sinal com o dedo. Parecia que a situação lhe dava graça. Riu-se ao dizer-me que a mãe falava ainda ao telefone. De tanto insistir, a mãe tapou o microfone do telefone com a mão, "diz à dona Marieta que pode ir. Vamos falar amanhã!" – disse alto.

– Ouviste, né? – disse Denise – mamã ainda está a falar com o meu pai.

Os batimentos do coração foram claros, se não falas com ela hoje, as coisas vão complicar-se ainda mais. Vale a pena morrer de uma só vez do que aos pedaços. O que queres que eu faça? – discutia eu comigo. – Queres que eu diga à senhora "hei, não quero saber! Para de falar ao telefone, quero falar contigo agora mesmo!" É isso que queres?

– Sim, até amanhã – respondi a Denise, que assistia ao meu vaivém. Saí do serviço, desenhando o mais tremendo dos cenários na minha mente. – Meu Deus, ajuda-me! – eu nunca tinha, na minha vida, evocado Deus de maneira tão intensa.

O problema já nem era a possibilidade de ser escorraçada do serviço. Atormentava-me o motivo do castigo. Temia a fornalha de fogo ardente. Porque minha patroa sempre me disse: "confio muito em ti", como é que eu olharia para ela? Como explicar-lhe? Pensei numa hipótese que só tinha a vantagem de me deixar respirar um pouco: e se eu tivesse apenas feito o embrulho na minha cabeça? Será que o embrulho existiu? Na na não, Marieta, o que é isso? O embrulho é real! – dissuadi-me. A fome lá em casa é tão real, que o embrulho não tinha como não ter acontecido.

Zanzei na paragem do chapa. O telefone na mão conversava comigo. Eu perguntava-lhe: ligo ou não? Os chapas passavam cheios. Às vezes paravam e eu nem conseguia entrar. *My love* não! Deus me livre – recusava eu as carrinhas de caixa aberta, cheias de gente, que me chamavam. – Liga! – disse eu para mim, numa dessas vezes. Fiz a primeira chamada, sem resposta. Por isso ganhei coragem. Liguei mais cinco vezes. A senhora não atendia, o que me aliviava mais do que me aborrecia. Virei-me para uma jovem que também aguardava o chapa. Desligou os auriculares. Continuou a abanar a cabeça, seguindo o ritmo da música que zumbia. Pedi-lhe que escrevesse uma mensagem no meu telefone, porque eu não conseguia. Por favor, minha filha! – insisti. Não lhe expliquei os motivos. Ela estranhou. Ao pegar no celular que tremia na minha mão, cedeu. "Desculpa-me a insistência, senhora, só quero pidir disculpa. Perdão." – transcreveu o que lhe ditei. Fiquei com a mensagem em riste, antes de enviar. No entretanto, um chapa decidiu encurtar a rota, começando mesmo ali naquela paragem. Guerreámos para entrar. Sentei-me ao lado de um velho que comia maçaroca. Queres, minha filha? – ofereceu-me. Não! – respondi.

Sem querer, toquei no botão de envio da mensagem. De repente o meu celular tocou. Olhei. Aya yaya! Senhora... Senhora... Senhora... piscava o *écran* luminoso do celular, começando o som estridente a irritar o velho da maçaroca. A menina dos auriculares também olhava para mim. Atender? – perguntei-me. Na na não! – descartei qualquer hipótese.

– Porquê não atendes? – mastigou mais rápido, o velho.

– Não posso – eu disse.

O celular continuou a tocar.

– O que é que fizeste minha filha? Estás a tremer... oh, olha para estas bolhas de suor na cara!

– Não posso atender, meu pai – chamando-lhe pai, eu sentia-me mais protegida.

– Pelo menos fala, minha filha.

O celular parou de refilar.

– Fiz uma coisa que eu não devia – disse ao velho.

– O que é que é?

– Roubei.

– Eih... roubaste? Onde?

– Lá no serviço. Trabalho numa residência.

– Roubaste o quê?

– Duas postas de peixe, duas batatas, aliás, três, e uma cebola.

– Encontraram-te a roubar?

– Ninguém me encontrou. Eu fiz um embrulho e guardei em algum sítio. Só que andei à procura e não encontrei. Talvez a senhora tenha encontrado o embrulho, só não percebo porquê ela me deixou sair sem dizer nada. Estou perdida. Eu quis dizer-lhe tudo, mas não consegui. Sei lá se se zangou, se até já falou com o marido! Acabei de lhe mandar uma mensagem, agora, a pedir perdão. É ela que está a ligar com insistência.

– Minha filha, roubaste para quê? Para comer?

— Eish, até tenho vergonha. Na minha casa não há nadinha para comer. Já não aguento mais ver as minhas filhas ficarem ali só a olhar para mim, quando chego. Eu queria fazer uma sopinha e aguentar pelo menos uma semana. Mas isso já nem me preocupa!
— Fica calma. Roubaste. É para comer, mas roubaste. Paciência. Confessa e pede perdão. Quando a tua patroa ligar, atende e explica.
Cheguei a casa. Toda a gente dormia. Acordá-los para quê? Ligar para a senhora? Nem vale a pena, a esta hora! Deitei-me. Não preguei olho. Saí logo, ao amanhecer. Recebeu-me a senhora, no serviço.
— O que é que se passa, dona Marieta?
— Peço desculpa, senhora.
— O que é que isso significa? Não estou a perceber nada! Porquê não atendeste o telefone? Sabes que mal dormi ontem?! Ora é meu marido que já não volta esta semana, ora és tu que inventas assunto... Eh paaa – ela olhava para mim, com cara de "que brincadeira é essa?!"...
Eu olhava para o chão e não ousava afrontá-la. Senti no tom de voz da senhora que eu estava despedida.
— Agora explica-me devagar o que aconteceu...
— Peço desculpa. Eu não sou assim, Senhora. Só não resisti à fome lá em casa. Tirei duas, desculpa... três batatas, duas postas de peixe e uma cebola, para ir cozinhar em casa.
— É isso que me querias dizer ontem?
— É, senhora.
— É por isso que não atendeste o telefone?
— Sim.
Eu agora aguardava a sentença, que não demorou.

— Vem comigo — cruzou os dedos da mão dela com os da minha. Entrámos na cozinha. Ela abriu o congelador. Olha — disse — a partir de hoje, sempre que comprarmos peixe aqui em casa, uma parte é para ti, está bem?
Minha resposta ficou trancada na garganta. Tentando compreender, eu disse "está bem" com a cabeça, como uma criancinha.
— Se tiveres qualquer problema lá em casa, não me escondas. Está bem? Gostei das limpezas que fizeste ontem. Estás a melhorar muito. Continua assim.
Senti-me armadilhada. Que ironia! — senti pavor. Aguardava que a qualquer momento a senhora dissesse "mas...".
— Pronto. É tudo — concluiu e atendeu o telefone que tocava. Entrou no quarto.
Arrastei as minhas dúvidas até à sala de visita. Meus olhos nem fizeram patrulha. Foram logo para um canto da sala. Levantei o tapete. O embrulho de jornal em que se lia a página de necrologia e que continha duas postas de peixe ainda fresco, três batatas e uma cebola estava ali. Levei-o para a cozinha. Devolvi imediatamente o peixe ao congelador, a batata e a cebola ao cesto. Foram vocês — berrei para os mortos da página de necrologia, que sorriam para mim. Atirei a página e o meu alívio ao saco de lixo. Entrei no quarto de banho.
— Nunca mais me voltes a fazer isso... porra! — berrei, com o dedo apontando o espelho.

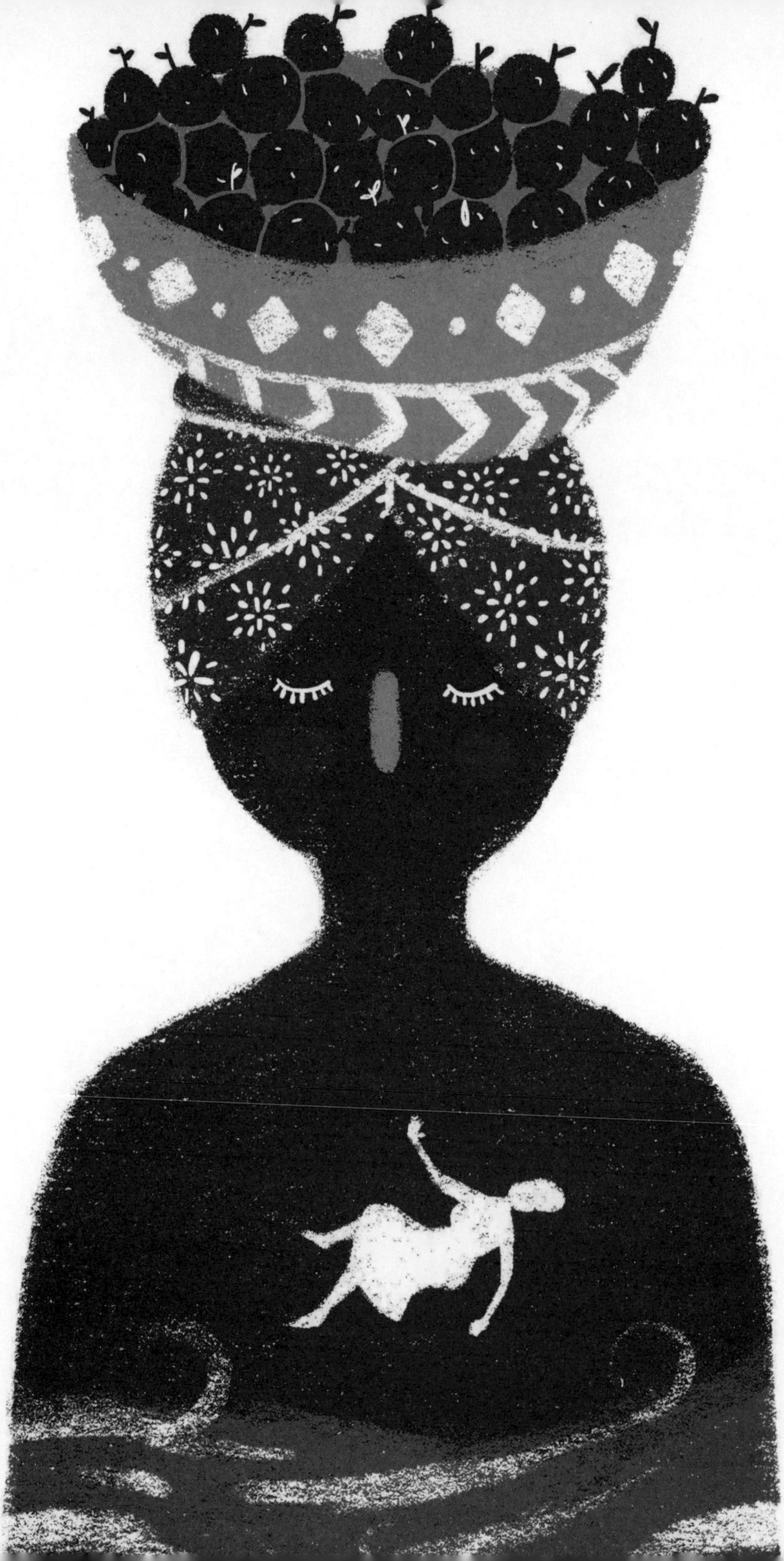

O outro lado do mar

– Se as coisas continuarem a andar assim, daqui a nada estaremos no olho da rua – alertou João Makhate, chupando um limão. Estava sentado na areia, ao lado da banca onde a mulher vendia fruta.
 – E agora? – disse Rindza, recebendo moedas de um cliente.
 – Estou a pensar. Já não me agrada cruzar-me todos os dias com os murmúrios de sô Timale. Ainda hoje, sabes o que ele disse? "Este é o terceiro mês que não vejo o dinheiro da renda".
 Rindza e Makhate alugavam um quarto, no comboio, como chamavam o alinhamento de compartimentos, no quintal de sô Timale.
 – E estás aí a dar cabo da mercadoria... – reclamou ela, ao vê-lo atacar outro limão.
 – Preferes o quê... que apodreçam aqui, com este sol todo? Quantos clientes tens por dia? – ele atirou a carcaça de limão sugado, e ficou a sacar fiapos encravados nos dentes.
 Antes de vender limões, Rindza abandonou o tricô, que ensaiou, enquanto esperava por uma vaga, como professora primária. Vendeu biscoitos assados... também não davam lucro.
 – Com os limões ainda conseguimos comprar pão. E tu não fazes mais nada! Ficas aí, só a pensar, pensar, pensar, até pareces um universitário!
 – Universitário?! Não me faças rir! Tirei o gesso há pouco tempo. Que milagre queres que eu faça? Achas que emprego cai

do céu? Sabes que a fábrica não tem volta.

Makhate falava da fábrica de pneus, onde trabalhava. Falira, passavam seis meses. Tornou-se ajudante de pedreiro. Ficou um mês com gesso, porque um bloco mal colocado numa viga lhe fracturara a perna.

– Não te preocupes, tenho uma solução.

– Qual é? – disse ela, escolhendo limão para um outro cliente.

– Eih – ele hesitou. – Se calhar não vai dar certo.

– Diz lá, vamos ver.

Makhate martelava no seu próprio juízo, até lhe doerem as ideias. – Ok... é o seguinte – suspirou – eh paa, a partir de agora tu és minha irmã. Chegamos a um bar, sentas-te. Há de vir, de certeza, um engraçado qualquer a querer pagar-te alguma coisa, aí apareço e completo o negócio.

– Mas... o que é isso?! – ela levantou-se. Deixou cair limões, e resmungou... – Pensas que eu sou o quê? Por causa das tuas loucuras perdemos o bebé.

– Bebé o quê? – ele rugiu.

Rindza lembrava-se das birras de Timale, que acabavam sobrando para ela. Fazia quatro anos, Makhate levou desaforo para o comboio. Por um nada, arrebentou uma rixa. Ele empurrou-a. Ela caiu. Não há mais nada a fazer – informou a obstetra, no hospital. Perdera o bebé.

– Não tem nada a ver uma coisa com a outra – espreguiçou-se ele. – Já pedi desculpa. Timale andava a encher a minha cabeça por causa do maldito contrato de arrendamento. Descontrolei-me e empurrei-te, sem querer... o problema é que tu também não paravas de dar razão àquele animal selvagem. Por favor, não voltes a falar disso. Pensei que esse assunto já tivesse passado.

– Passado?! Ah... perde-se um bebé e pronto... já passou! E neste momento não estarás de novo a perder a cabeça? É para eu ir dormir com todos os homens dos bares? É isso? Onde é que já se viu isso?
– Estás a interpretar mal. Conheço-te muito bem. Sei que não vais dormir com homem nenhum. Vamos lá fazer o que eu te disse, vai dar certo, hás de ver.
– Hei... – Rindza ameaçou com os olhos que não se mexiam.
– Vamos, eu já disse!
– Tu é que sabes! – arrumou os limões num cesto que levou à cabeça.

No bar, meio-coberto, mesmo à entrada da cidade, não havia muita gente. Tirando um grupo de adolescentes que conversava alto, um velho que fumava uma beata, e o pessoal do bar, mais ninguém. Como combinado, João Makhate chegou mais tarde.

– Só podemos recomeçar amanhã – ele rendeu-se. – Hoje não há muito movimento.

Voltaram no dia seguinte. A agitação era mesmo do dia dos homens, como a gente apelidava a sexta-feira. Os dois sentaram-se numa mesa para três. Ele falou baixinho ao ouvido dela. Ela disse sim com a cabeça. Ele saiu. Entraram umas vozes. Três homens e uma mulher. Sentaram-se bem perto. Durante um tempinho, os olhos de um dos três não largaram Rindza.

– Olá – respondeu Rindza, ao rapaz, que acabou se juntando a ela.

Reconheceu o rapaz. Deixou-o falar para ter a certeza.
– Posso? – ele disse.
– Pode – deixou-o sentar-se.
– Sozinha?

– Não – ela despachou, provocando um ar desconfortante ao rapaz que, coçando a nuca, fez rusga no bar com os olhos.
– Acompanhada?
– Não.
– Muito bem!... – disse, sentando-se. – Sozinha e acompanhada ao mesmo tempo, interessante, não é? Uma cerveja?
– Não bebo álcool.
– Está bem... Hei, rapaz – ele chamou o servente. – Dois copos de sumo da casa, por favor!
– Estou à espera do meu... – ela espirrou – irmão que saiu há pouco.
– Saúde!
– Obrigada – ela sorriu, passando um lencinho pelo nariz.
– Já nos conhecemos, não é?
– Acho que sim.
Minutos depois chegou o sumo e João Makhate.
– Meu irmão! – fez ela as apresentações.
– Tadeu – disse o rapaz, descolando da cadeira e apertando a mão do recém-chegado. – Mais novo... mais velho?
– Mais novo – amareleceu o sorriso de Makhate. – Brincadeira... mais velho!
– Vai uma cerveja? – ofereceu Tadeu.
– Para mim? Ah... nem era preciso – simulou hesitação.
– Sim... sim... faço questão!
– Bom... se você não insistisse... – aceitou Makhate, após silêncio, olhando para o copo que o servente colocava na mesa. Quase que chupou o conteúdo todo ao primeiro gole. Pousou o copo. Olhou para as bolhas de cerveja que dançavam no fundo do copo.
– Conseguiste, João? – falou Rindza.

– Está mal isto, paa... – ganhou tempo, limpando o beiço, e olhando para o rapaz. – O nosso velho está muito mal – continuou. – Falta-nos algum para a consulta e os remédios. Só por causa de três notas de cem...

Para matar a pausa, Tadeu abriu a carteira e pôs entre os dedos quatro notas de cem.

– Vai dar muito jeito – João Makhate apalpou as notas. Depois do segundo copo, empurrou a cadeira para trás.

– Não vou demorar – disse ela.

– Ok – completou ele, de pé, com o polegar levantado. – Obrigado pelo apoio – apertou a mão de Tadeu e saiu.

Tadeu e Rindza ficaram sem conversa. – De que é que sofre o velho? – perguntou.

– Você... – reagiu ela, após compasso – deve, de certeza, estar a pensar "mas porquê dois irmãos que não têm dinheiro vão a um bar, enquanto o pai está muito mal?!"...

– Nada! – ele sossegou. – Não tinha pensado nisso.

– Devia.

– Porquê? – ele pestanejou. Olhou-a nos olhos. Ela esquivou-se, olhando o vazio, e tocando uma melodia com a unha nos dentes.

– Vou devolver-te o teu dinheiro – ela bateu com a palma da mão na mesa.

– Porquê?

– A última vez que nos vimos foi no Bilene, não foi? – ela mudou de conversa.

– Foi. E nunca mais te vi lá.

– Sim. Vim há quatro anos a Maputo fazer professorado. E tu, o que fazes agora?

– Fui à tropa. Afectaram-me na marinha. É lá onde trabalho. Vivo do outro lado do mar.

— Solteiro, casado, separado, viúvo?... — ela forçou um riso que dizia "sou atrevida, né?".
— Solteirão! — ele aproveitou a brecha e acariciou-lhe o queixo.
— E a tua miúda? — ela contra-atacou.
— Então conheceste ela?
— Não cheguei a vê-la de perto. Vi-te, pela última vez, de mãos dadas com uma moça magra e alta.
— Ela casou-se e fiquei a ver navios. E tu?
A conversa não se prolongou. Rindza despediu-se. — Vou explicar-te depois. Hás de compreender — disse ao sair.
A primeira vez não foi nada má! — pensava João Makhate, em casa. Rindza voltou. Ele evitou o assunto. Espiou-lhe o comportamento. No dia seguinte quis saber se Tadeu tinha desconfiado.
— Eu disse a verdade a Tadeu — mentiu.
— Mas... olha lá!...
— Achas que eu sou o quê? — desafiou-o.
— Onde é que queres chegar com isso?
— Eu esperava tanto de nós. Tanto. Mas, nem vale a pena... estou com vergonha.
— Vergonha de quê? Da pobreza?! E pensas que vais combater a pobreza com essas frases bonitas? Ou a vender limões e biscoitos? Ou queres voltar a fazer tricô?! Sabes que não temos muitas saídas.
Ela calou-se. Passou um mês. Tadeu procurou por ela. Levou-a à marinha. Falou-lhe de sonhos... quero casar-me contigo — apanhou-a desprevenida.
— Vivo maritalmente... — defendeu-se. Falou-lhe do falso irmão, do velho nenhum que estava doente, da vida...
— Já percebi. Pela tua voz, sinto mesmo um aperto no teu coração. Vou confessar-te uma coisa só: se eu não sentisse algo muito especial por ti, eu desistia... quero levar-te

até ao altar, e comprometer-me perante Deus. Já não tenho idade para brincadeiras.
— Eish... assunto sério! Só que brincadeiras não têm idade.
— Têm... quem brinca com coisas sérias é porque ainda não cresceu e...
Ela não o deixou terminar a frase. Juntou a mão dela à dele. Cruzaram os olhos, sem respirar. Ele apertou-lhe o nariz.
— Eu também não sou tão inocente. Se não estivesse a acontecer algo forte dentro de mim, eu não estaria aqui contigo. Só que há coisa importante que deves saber.
— Fala.
— Temos que ir mais devagar — ela disse.
— Se é uma pergunta que fizeste, a resposta é "não". Para mim, já estamos a andar muito devagar. Quero levar-te ao outro lado do mar — estendeu-lhe a mão. Ela riu-se.
— És muito esperto, mas tenho que ir — ela apertou-lhe o nariz.
Em casa, Rindza encontrou João Makhate em chamas.
— Donde vens?
— Da marinha. Eu já tinha falado que ele trabalha na marinha, não? — ela provocou.
— Mas, escuta aqui... o que é isto agora?
— É dar rumo à vida.
— Olha, esquece isso tudo. Conheço-te, é fantasia da tua cabeça. Mais uma vez, assumo a minha culpa. O problema é que sou o único a reconhecer os meus erros. Só que acabou o jogo! Hei... acabou! Tenho uma notícia... finalmente, assumo, a partir de agora, oficializar a nossa relação junto da tua família... arranjei dinheiro emprestado para a renda. Quem sabe, se calhar até nos possamos casar!
— Se calhar até?

– Se calhar é como quem diz... compreendes?! Há por aí uma luz acesa... – ele desviou-se do assunto – vem aí um biscate-não-biscate, vamos ganhar algum dinheiro... quem sabe, talvez saiamos definitivamente do comboio!
– Não é problema nem de dinheiro, nem de casa.
– O que é?
Ela não falou. Com o indicador batia no coração.
– Ooh pfff... – ele desprezou. – Espero que estejas a brincar!... Com tanta confusão, tanta merda que há neste país podre, ainda há tempo para o coração?! – carregou em "coração", excedeu-se e arrependeu-se. Desculpa... ah tsaa – parou.
– Voltei a encontrar o Tadeu – ela não vacilou. – Amanhã, vou lá de novo, falar com ele.
– Estou mesmo mal contigo. Olha, não deixes esse rabo de saia meter-se na nossa vida. Isso é mesmo fantasia e pode ser perigoso. Cuidado! Hei... não há mais bar, nem restaurante... o jogo acabou... A-ca-bou!
– Não acho. Pensei muito. O último fio que me unia a ti... esticámos, esticámos... agora...
– Agora o quê?
– As coisas estão a acontecer sozinhas...
– Tudo vai mudar, garanto-te... hei... estou a falar contigo! Porquê me dás costas?
Ao princípio da tarde do dia seguinte, Rindza chegou à marinha. Perguntou por Tadeu.
– Foi a casa almoçar – respondeu-lhe um sentinela, com voz efeminada.
Vamos embora – falou Rindza, para si. Apanhou o *ferry*. Ao descer, seguiu os trilhos que Tadeu lhe tinha indicado, até chegar a casa dele.

Ficou num ponto de observação. Viu-o sair. Acompanhava-o uma moça alta, magra. Trazia um vestido vermelho de bolinhas brancas, e sapatos de salto alto. Olha para aquilo!... – confidenciou Rindza à blusa. Deixou-os partir. Olhou ao redor. Viu duas crianças que brincavam. Aproximou-se.

– Onde é em casa de tio Tadeu?
– É ali – respondeu o menino que parecia ser o mais velho.
– Ele está?
– Não. Saiu agora mesmo.
– Saiu sozinho?
– Saiu com tia Tina. Estás a ver aqueles dois que estão a se apagar lááááá longe?
– Estou. Quem é tia Tina?
– Ei... – as crianças encolheram os ombros, com um sorrisinho envergonhado.
– Não sabem?
– Parece é mulher dele, aquela ali... – disse, correndo, a mais novinha.

Rindza apanhou o *ferry*, de volta. Foi directamente ao edifício da marinha. Perguntou por ele.

– Está, sim... acabou de chegar – confirmou-lhe a voz efeminada.
– Não, não... não é preciso chamá-lo – reagiu Rindza, abanando o indicador.

Saiu imediatamente do recinto e fixou-se num minúsculo espaço exterior entre a vedação do edifício e a entrada da ponte cais. Andou às voltas... rangia os dentes, roeu as unhas, até lhe restar só carne por roer. Atravessou a rua que dava ao *ferry*. Ficou do outro lado da entrada. Percorreu o passeio entre a avenida e o mural da costa. Com as mãos apoiadas no mural, observou a fúria do mar a galgar o muro. E alta era a tensão que galgava Rindza, tal um tumulto, que dentro de pouco tempo ela podia sanar, dizendo a Tadeu o que lhe ia na alma. Decidiu dar tempo, antes de qualquer coisa.

Por que diabo queres, tu também, distrair-te comigo, hein, Tadeu? – monologava. Por que então os homens têm cá o dom e o prazer de brincar com o coração das mulheres?! Porquê?? Ah... rabo de saia!... – bateu na sua mente a voz de Makhate. – Farinha do mesmo saco!... Eh paa... pronto... decisão tomada, decisão cumprida! Ele pensa o quê... nntlhaaa! Acabou mesmo!... – ergueu a cabeça, acendeu os olhos e tapou o "mas" com as mãos!...

– "Mas" o quê? – reagiu João Makhate à frente dela.

– O que é que tu... que tu também fazes aqui?! Oooh!... – levou a mão à cabeça. Respirou fundo.

– Eu é que pergunto: o que é que fazes aqui?

– Não é possível! – tremia-lhe a voz, e a mão arrefecia a testa.

João Makhate não lhe deu tempo. Disparava rajadas de o quê, porquê, como?... e que mulher és tu?... devias, pelo menos, ter vergonha...

– Não, não te devo nem resposta, nem satisfação, nem... nem... ah... – esgotaram-se-lhe as palavras.

– Pensas o quê? Só por causa de uma porcaria de fantasia estás aqui a... a... vadiar e eu bem podia dizer pior!? Trago aqui metade do dinheiro que te amarra a esse marinheiro. Toma lá, o resto pago p'ra semana. Então, escolhe, ou vais comigo ou não me responsabilizo por mais nada, mais nada!...

– Entrega-lhe tu. Se puderes, paga-lhe cerveja também! Outra coisa, não sou loiça que se muda de um lugar para o outro assim... de qualquer maneira... e ainda mais, não te esqueças que sou tua irmã! Ou já não sou?!...

– Eh paa para lá com essa palhaçada!... Nem tentes inventar desculpas... Agora, ou vais comigo ou vais comigo!... – berrou, pegando-lhe o braço. Ela soltou-se... pousou por cima do mural da marginal e olhou as pessoas que se divertiam com o espectáculo, e aplaudiam. Os gritos empurraram-na.

De súbito, calaram-se as pessoas... os olhos seguiram a mulher que se atirava à água... aaaaaaa... observavam, agora, as ondas, em fúria, que excitavam as mãos, enquanto alguém corria e alertava os marinheiros.

João Makhate foi controlado por dois polícias que passavam. A multidão dividia-se entre vaiar o homem e assistir à dança da água.

Makhate soltou-se das mãos da polícia, ignorou a voz de comando e infiltrou-se por entre viaturas. – Para imediatamente – voltou a gritar um dos polícias que o perseguiam. Ele só obedeceu à bala que se lhe encravou na nuca. Bala perdida! Ok?! – combinaram os polícias.

Da marinha, despontou, às corridas, o sentinela que apontava as ondas e dizia a um marinheiro é ali... ali... Era Tadeu. Atirou o boné ao chão e voou... a multidão suspendeu a respiração, até ver Rindza, instantes depois, que pendia nos braços dele. Colocou-a por cima de um papel de cartão, improvisado na hora... precipitou respiração boca a boca e... clínica... clínica... rápido! – ordenou Tadeu. Entraram logo num carro e arrancaram.

Passavam umas horas. Ele aguardava fora da enfermaria. O médico autorizou a visita.

– Como é que te sentes? – perguntou Tadeu, olhando Rindza, nos olhos que se abriam.

– Bem – ela disse com os lábios.

– E então?

– Quem é ela? – balbuciou Rindza, olhando para os saltos altos e para o vestido vermelho de bolinhas brancas.

– É filha da minha irmã... vive no Bilene... está cá de férias – ele falou. Engoliu saliva e tocou-lhe a bochecha: bonito ver o teu sorriso.

– Como é que te chamas? – Rindza perguntou à moça.

– Tina.

– Como é que não te conheci no Bilene?

– Desde que saí do Bilene com o meu pai e minha madrasta, ainda era criança, só voltei lá há dois anos.

– E então... vens ao outro lado do mar? – insistiu Tadeu, de joelhos, pegando na mão dela.

Rindza sorriu.

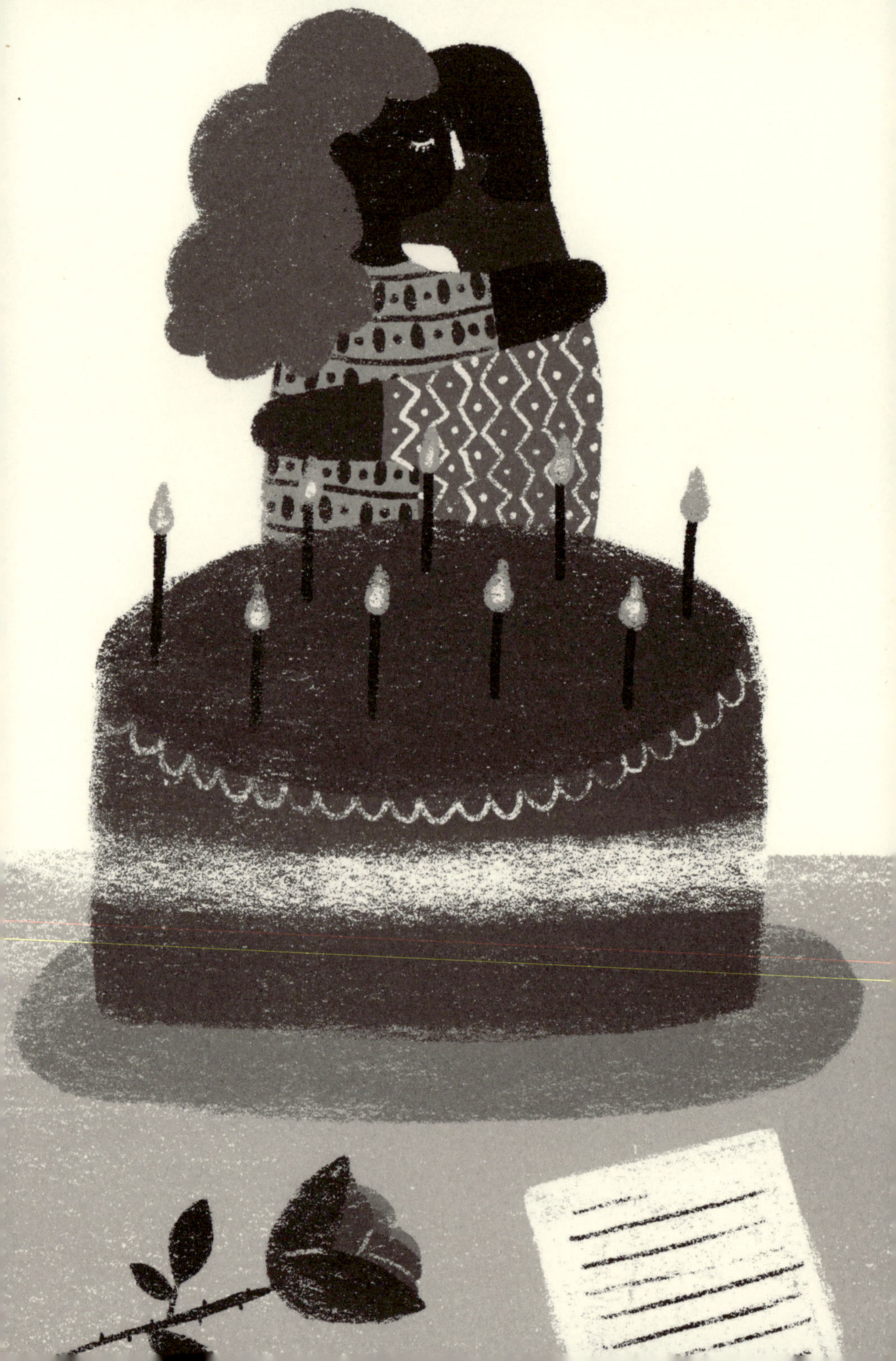

A detective

— Alô? — Gab atendeu o celular, espiou a mulher, levantou-se do sofá, abriu a cortina que separava a sala de estar e a de jantar, e já estava no jardim. Circulou com o telefone colado ao ouvido.

Eva saiu também da sala de estar. Empurrou a porta entreaberta do quarto. Fechou-a a chave. Tirou da sua bolsa um dispositivo electrónico e auriculares. Ficou a ouvir a conversa de Gab.

— Escuta, Vitória, eu já disse para não fazeres chamadas a esta hora. Não quero problemas em minha casa. Que tal se a minha mulher tivesse atendido? Sempre que for possível, por favor, vou ser eu a ligar para ti. Diz... qual é a ideia?

— Encontramo-nos às 19?

— Deixa lá ver... eish... essa hora é um pouco apertada... acabo de chegar do culto, mas ok, combinado... vou inventar um filme. Encontramo-nos daqui a uma hora.

Ai é? — enfureceu-se Eva. Desligou o dispositivo, colocou-o na bolsa e voltou a correr para a sala. Gab entrou.

— Está tudo bem?

— Está... está tudo bem sim? — ele gaguejou. — Porquê?

— Nada. Saíste daqui todo preocupado. Quem era?

— Nada de grave, um novo colega fechou a porta do escritório e deixou a chave lá dentro e não há como entrar. Ele tem de desligar os aparelhos e recuperar uns documentos. Eu é que tenho a cópia da chave.

— Podemos ir juntos?

– Eh, não! O que é isso? Não te vais maçar por causa disso...
– Não é maçada... há quanto tempo não passeamos juntos?
– Nem vou passear. Fica para a próxima. Já estou atrasado.
– Atrasado? – ela riu-se com sarcasmo. – Atrasado em relação a quê? Posso fazer-te uma pergunta?
– Pode ser, mas um pouco rápido.
– Que tal se informasses ao teu colega que não será possível tu ires ter com ele, e que a tua esposa já lhe vai entregar as chaves?
– Eh... isso não. Não achas que isso é andar à procura de problemas onde não há? Sei lá... e se, ao levares as chaves, acontecer algo imprevisto... como perder as únicas chaves que temos, por exemplo?!
– Ha ha ha... muito engraçado. O tal azar só pode acontecer comigo e justo hoje?! Muito bem... mais uma coisa só... o que falaste com o teu colega não podias ter falado aqui na sala, na minha presença?
– Até podia. É mau hábito meu, pronto. *I'm sorry*! Para ser sincero não sei como me desabituar.
– Sabes, faz tempo que andas estranho, e a contar filmes. Não achas que isto vai acabar mal?
– Lá estás tu a inventar assunto e a empurrar as coisas para os extremos. Decidimos que cada um de nós devia fazer esforço para melhorar a situação. Tu concordaste. Eu estou a fazer a minha parte. E agora? O que é que te faz dizer isso? Anda cá, meu amor, quero dizer-te uma coisa... – ela afastou a mão dele e voltou ao quarto.

Gab ficou a remoer. Entrou no quarto. Ela estava a arrumar a roupa dele.

– Queres conversar um pouco?
– Já estamos a conversar. Afinal não estás atrasado?

— Claro, mas assim já não dá...
— Não dá o quê?
— Quero lembrar-te de que depois de amanhã é dia do nosso nono ano de casamento. Por que não recuamos no tempo e vamos buscar as boas coisas que sabemos fazer tão bem?... Estamos todos os dias a discutir, sem razão nenhuma. Não sei onde as coisas se estragaram. Quero a minha Eva de volta, com o seu fogo, seus sonhos... sabes dizer-me onde ela está, e quando ela volta?
— Eva está e sempre esteve aqui perto. Quem desapareceu é o Gab. Tornou-se um desconhecido. Hoje não o reconheço... trocou-me por qualquer coisa lá fora, que não sei bem dizer o que é. A verdade só tarda, mas acaba chegando.
— De que estás a falar?
— Coisas da minha cabeça. Isto tudo por causa de um desconhecido que ficou no lugar do meu marido, e que me entulhou de ilusões faz agora algum tempo. É esse fulano que não mais suporto. Por que não pões a mão na consciência e reconheces que já não és o mesmo?! É fácil atirar as culpas para mim. Pergunto-me o que resta do Gab que me fez sonhar. Nem esforço fazes para camuflar as tuas mentiras... mas por que os homens... tsaa... vamos lá deixar.
— Eva, tenho mesmo que sair — ele apertou-a nos braços. — Confesso que, de há uns meses para cá, meu coração está preso nesta nossa tontice.
— Que tontice? Está a acontecer alguma coisa que eu não sei? Tem a ver com o que vais fazer agora?
— Quer dizer, não assim como estás a falar. Depois conversamos...
— Que contradição, hein! Eu devia fazer confusão para não

saíres de casa, mas, não vou! Sabes porquê? Porque, no fim, achas-me uma parva, uma descontrolada, uma histérica, e eu não quero entrar nesse jogo. Repito, a verdade pode demorar, mas acaba chegando.
– Não tenhas raiva de mim. Tudo vai ficar resolvido, tenho fé.
– Vai, mais é, ser uma vergonha para ti... por enquanto vai lá entregar as tais chaves e manda muitos cumprimentos ao novo colega! Posso falar com ele ao telefone?
– Eh paa, mãe, até aí já não! Hás de sair de casa?
– Vou à ginástica, mas daqui a uma hora volto.
Gab saiu pela porta da garagem, entrou no carro e telefonou. Eva sintonizou.
– Alô. Eish. *Foi difícil, mas já estou a caminho. Daqui a duas horas tenho que voltar a casa.*
Eva pensava no que ia fazer. Recordava-se dos primeiros anos de casamento. Seguiam-se ao êxtase dos cinco anos de namoro, iniciados na catequese, onde se conheceram. Não é por causa de uma perua que vou destruir tudo. Mas vou batalhar até ao fim. Ah vou... – disse.
Ao quarto ano de casados, Eva orgulhava-se. Tenho o que quero, só me escapa o meu marido – dizia. Gab prosperava nos negócios e sentia o contrário em casa. Que bicho te mordeu? – perguntava à mulher. Não entendia por que ela não tinha tempo para cuidar da filha deles, Wezu, que tinha seis anos. A vida é um desgosto – Eva remoía. – Tudo está a piorar. E este corpo que não para de arrebentar! – irritava-se. Tiveram conversa atrás de outra. Temos que mudar. Assim já não dá! – Gab insistia. Passava o tempo em casa, saindo só para ir ao serviço ou então "vou ao culto" – desaparecia. Eva não percebia. Ao oitavo ano, ela falava de dietas. Quanto mais cuido de mim, mais en-

gordo – indignava-se. Iniciou a ginástica.

O ginásio era a catequese. Foi lá onde conheceu Malina. Partilhavam confidências.

– Amiga – disse Malina, um dia – abre o olho. Vê bem o que o teu marido anda a fazer. Esses homens não prestam. Não podem ver uma saia. Se ele passa, de facto, todo o tempo em casa e com histórias de culto ha ha ha... amiga, não restam dúvidas... há algo escondido. Os homens, agora, devem dançar a nossa música. Os tempos são outros. Eu estive treze anos casada com um desconhecido. Desde a primeira hora o tipo tinha uma vida dupla. Tive de mover o céu e a terra para me livrar. Acabou no tribunal. Mas tive de contratar serviços de um detective privado. Dei-me mal porque no fim este fulano chantageou-me. Pelo menos ganhei a causa. Agora sou uma mulher independente e mais... faço trabalho de consultoria. Ajudo pessoas que querem viver mais seguras.

– Como assim?

– Se quiseres saber tudo o que o teu homem anda a fazer é só adquirires um pacote. Como és minha amiga, para ti será quase de borla. E tens a vantagem de escolheres só o que precisas. Por exemplo se queres *chips*, para controlares todos os movimentos dele... se preferes GPS no carro, se decides controlar as chamadas que ele faz e recebe... tudo é possível!

– Nem mais, amiga. Vamos a isso. Isso vem a calhar, porque eu e o meu marido decidimos, cada um, fazer qualquer coisa para salvar o casamento. Sendo assim, prefiro começar por controlar as chamadas dele. Só isso é suficiente para eu ter uma base. Ah, aquele homem vai-me conhecer.

– Talvez não seja cem por cento eficaz. É importante ter um pequeno suporte. Basta um *chip* na roupa dele.

— Está fechado — Eva apertou-lhe a mão.

— Não precisas de fazer nada com o telefone dele. O pacote compreende um dispositivo completo.

Depois que Gab desligou, Eva vestiu o seu equipamento de ginástica, entrou no carro. Malina disse-lhe ao telefone que não iria ao ginásio e que estaria em casa. Precisava de conversar com ela. Eva lá chegou. Acertaram contas e falaram dos nove anos de casamento.

— É o momento, amiga! — falou Malina. — Nove anos! Chiiiii, tens que fazer qualquer coisa! Senão a Vitória acaba ganhando, vê lá!

— Qualquer coisa?

— Inventa uma viagem e fica a controlar as conversas dele, hás de ter surpresas! Espera para ver.

Uma hora e meia depois, Eva voltou. Encontrou Gab em casa.

— Pensei que fosses ficar duas horas por aí... — ela disse.

— Duas horas? Eu é que te disse isso? Eu disse que ia somente deixar chaves! Só levei vinte minutos para ir e voltar.

— Achas que acredito? Isso só pode ser mais um dos teus filmes.

— Que filme? Tu é que disseste que ias ficar uma hora, não falei do tempo que eu ia ficar. O que é que aconteceu, treinaste muito hoje?

— Com este *stress* todo acabei perdendo a hora.

— Que *stress*?

— Pensas que estou a engordar de borla? Olha, antes que eu me esqueça, vou viajar, depois de amanhã, em missão de serviço. Volto na terça-feira.

Eva trabalhava numa companhia de seguros, e viajava com frequência.

— Depois de amanhã é sábado e é dia do nosso aniversário.

– É verdade. Ainda tentei evitar a viagem, mas... nada feito.
– Mau! A que horas?
– De manhã, dez horas.
– Então, vais precisar de boleia.
– Sim. Mas, se não me puderes levar, vou pedir ao motorista do serviço para me vir buscar. Ah, já combinei com a Carla – falava da irmã mais nova. – Há muito que ela quer levar a criança, para o fim de semana. Assim, Wezu fica lá, enquanto eu não estiver.

Eva foi ao banho. Ouvia com atenção Gab que falava baixinho ao telefone.

– *Olha, Vitória, não agendes nada para este sábado. Estarei sozinho em casa. Prepara um bolo... bolo sim!*

No sábado, Eva preparou a mala e a filha. Levaram Wezu a casa de Carla. No aeroporto, Eva entrou na sala de *check-in* e, minutos mais tarde, saiu para se despedir.

– O que vais fazer hoje? – ela perguntou.

– Hei de estar em casa o dia todo. Daqui a pouco vou fazer algumas compras. Depois... casa!

– Podes sair, para relaxar.

– Não. Prefiro ficar em casa, mesmo.

Despediram-se. Gab partiu.

Eva ligou para a sogra.

– Bom dia, mãe. Sabe que hoje é dia do nosso nono ano de casamento! Queria convidar os meus sogros para fazermos uma pequena surpresa ao Gab. Ele pensa que eu viajei mas, na realidade, o que quero é surpreendê-lo. Vou preparar um bolinho. Depois da hora do almoço vou buscá-los. Peço só que não digam nada a ninguém.

O dispositivo de Eva accionou.

– Alô, Vitória. Vem às 14h30 a minha casa, está bem? Vou encomendar o almoço. Não te esqueças do bolo.

À hora combinada, Eva foi buscar os sogros. Antes de entrarem, entregou à sogra a caixinha de bolo que levava. Ligou para Gab.

– Alô! Estás em casa?

– *Estou sim. Então como foi a viagem?* – o altifalante deixava os sogros acompanharem a conversa.

– Um minuto só, falo contigo já! – Eva desligou, enquanto atravessavam o jardim e entravam pela cozinha. – Surpresa!!! – ela gritou.

– Surpresa!!!!... – gritou Gab.

Eva atrapalhou-se. Gab apareceu na sala de jantar e entregou-lhe um arranjo de flores que trazia, pedindo-lhe para ler o cartão entre as rosas.

Eva, meu amor. Não arranjei outra forma de te devolver para mim. Peço perdão. Sei que não devia ser assim. Mas tu própria sabes que andámos estes dias todos a fazer, cada um, o seu melhor, para o nosso bem. No desespero, o que é que a gente não faz? Fiquei assustado. Fui ao teu serviço. Lá eu soube que não viajavas. A Vitória, meu amor, não existe. É o Victor, um imitador, a quem eu pedi para me ajudar. Talvez para ti tudo esteja confuso, mas vou resumir. Para mim, isto começou, parecia uma brincadeira. Há várias semanas, chegaste a casa, pensavas que eu dormia. Vi. Estavas a preparar material electrónico. Quando acordei, ao falar ao telefone, notei um sinal estranho. Fazia o ruído que vinha de onde estavas. Confesso que fiquei revoltado. Fui acompanhando, a partir desse dia, os teus movimentos, sobretudo até ao ginásio. Percebi que ouvias as minhas conversas. No princípio, eu queria desmascarar-te e acabar logo com tudo, mas preferi lutar para te conquistar, e a coisa virou este espectáculo. Peço perdão. Do meu lado eu já perdoei. Fica sabendo apenas que quero a minha Eva de volta. Não existe ninguém entre nós dois.

Quando ela acabou de ler, Gab abriu a cortina... cantaram parabéns a vocês, os pais dela, a Carla, Wezu e um rapaz, à volta de um bolo onde se lia Nove Anos.

– Este é o Victor – apresentou Gab à Eva.

Ela sentou-se no sofá. Tapou a cara com as mãos e soltou um pouco os olhos, enquanto os outros reacendiam as velas e os parabéns a você... Os pais de Gab aplaudiam, também, enquanto tentavam compreender.

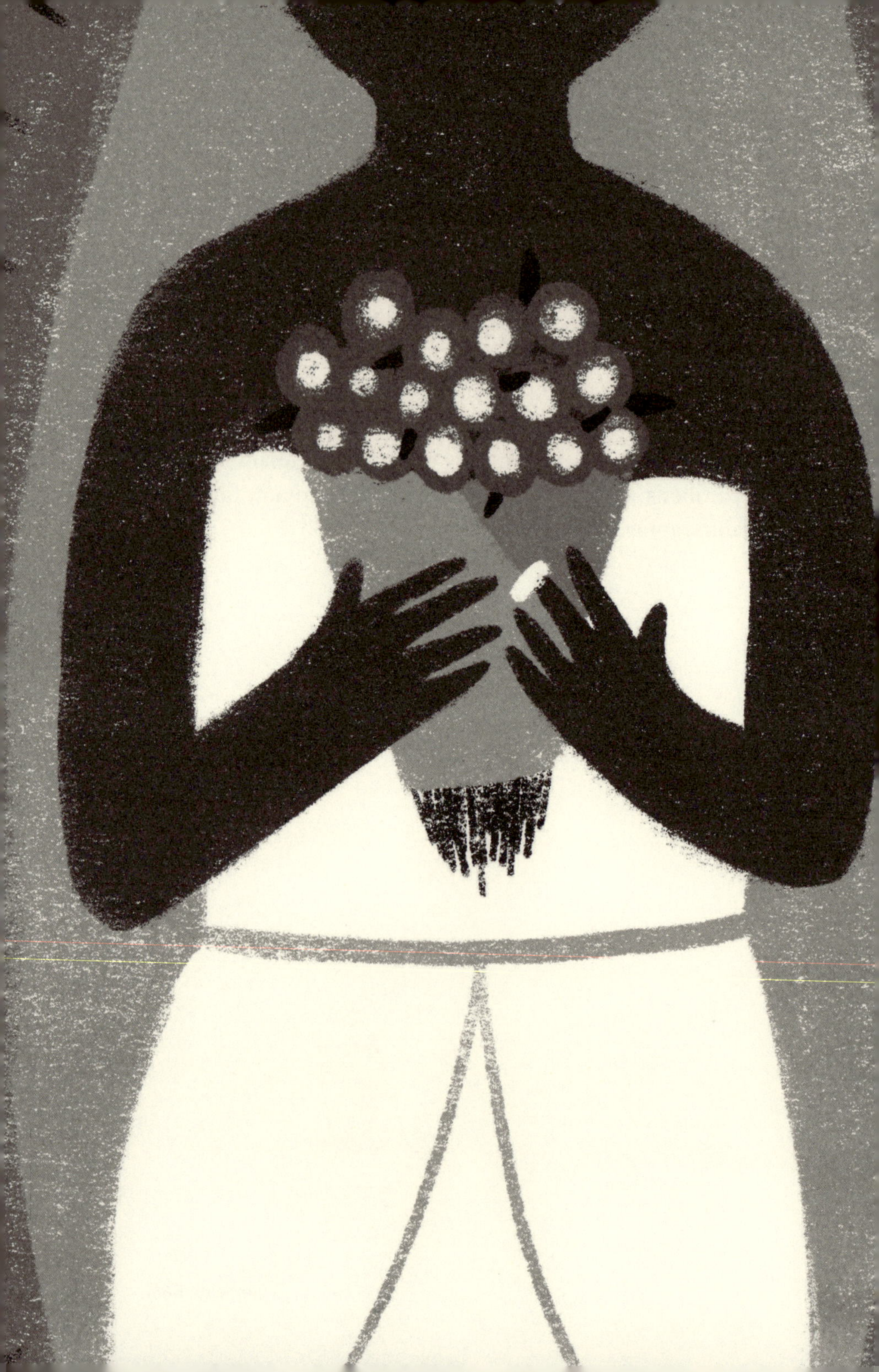

A mão da filha de Nzualo

De costas para a parede da sua palhota, Feniasse olhava para o vazio. A doença de Malossi, a mulher, teimava em contrariá-lo. Ela estava internada, fazia duas semanas, em casa dos pais. Feniasse encontrava consolação na filha. Bêbête, três anos, estava ali a cozinhar areia, entre o sol que despontava e a palhota. Batendo com a nuca na parede, ele estranhava por que o sogro, Jossia Nzualo, que renegara o amor dos dois, acabou recebendo a doente.

"Eu já te disse que aquele não é homem para ti. Não é da tua estatura. E digo mais, ninguém nesta casa me pode desobedecer!" – ecoava a voz do sogro.

Feniasse não chegou a ouvi-lo dizer tais coisas. A mulher é que lhe contou.

Ambos cresceram em Nawene. Malossi passou a habitar na casa dele algum tempo antes de Bêbête nascer. É lá onde ela lhe confiou as palavras de Nzualo.

– Tive um mau sonho! – anunciou Malossi, três semanas antes. – Meu pai que diga o que quiser, mas só ele me pode ajudar – ela forçou a barra, face à doença que a torturava. Provocar mais o teu pai, não – relutou Feniasse. Sem alternativa, rendeu-se.

Continuava pensativo. Com a nuca, tocava uma melodia na parede. Escutava, ao mesmo tempo, Bêbête que trauteava uma canção. Minha filha vai ser uma cantora – vaticinou, com um sorriso disfarçando a apreensão. Virou os olhos para o lado de onde irrompeu um rapazote que se aproximava...

– Mandaram-me dizer que tia Malossi morreu – anunciou a vozinha e voltou por onde entrou, como se fosse ali só atear a desgraça e desaparecer.

Feniasse afogou a cabeça nos braços. Então é por isso que eu estava com preguiça de levar o gado ao pasto!... – limpou a cara. Levantou-se. Assoou. Olhou para Velina, irmã da mãe, que parara de varrer o quintal e se aproximou, para confirmar o que acabava de ouvir.

– Eish... não quero acreditar! – falou Velina, inspirando rapé.

– Um assunto não dorme no caminho, tia! – desanuviou.

A família reuniu-se. Feniasse e os tios Titossi e Vasco Malunga, irmãos do pai, chegaram a casa dos Nzualo. O viúvo foi encaminhado à alvenaria onde estava a morta. Entrou. Sentou-se na esteira, ao lado dela. Entrou, a seguir, o sogro, que acabara de descer da sua bicicleta.

– Escuta aqui, meu rapaz, eu nem te devia receber, sabes! – Nzualo praguejava. – Mas porque a treva caiu sobre nós, precisamos é de um banho de luz e não de mais nuvens pretas.

Feniasse limitava-se a assoar.

– A solução é encontrar o caminho certo. Eu bem disse à minha filha que este casamento não era possível – retomou a palavra o sogro, em tom de sermão. – Mas tudo isso já não passa de lamentação de um pai com o coração de rastos.

O genro manteve-se calado.

– Eu disse e repeti, e as pessoas não me quiseram ouvir – aparafusava Nzualo. – Eu não disse?!

Do alto dos seus vinte e seis anos, Feniasse sentiu um soco no estômago. Controla-te, controla-te! – falava para si, entre soluços e nervos. – Como diz a mamã, o sofrimento é um deserto que culmina no rio mais próximo – disse baixinho e saiu da alvenaria. Não encontrava, contudo, o que lhe afagasse o coração. Ainda mais com aquela voz grave e afiada do sogro. O tio Titossi juntou-se a ele. Abraçou-o.

– Que homem é este sem um pingo de compaixão? – triturava as palavras Feniasse.

– O diabo não tem compaixão, meu filho. Se mostrar compaixão alguma, não passa de um embrulho que esconde um monstro.

Ambos calaram-se, como grilos, com a chegada de Jossia Nzualo.

– Acha, compadre, que este é momento para desenterrar machados do passado? – confrontou-o Titossi.

– Não é porque acho. Este é o momento propício em que os vivos e os mortos devem entender-se... quando é que eu poderia sacudir as minhas mágoas? A minha filha já não está conosco. Pensam vocês que isso é pouco para o coração de um pai?! O que é que vou comunicar à falecida mãe dela?... Hã?! – vociferou Nzualo. – Se não sabem, eu sou o porta-voz dos vivos e dos mortos desta família. Tenho obrigações nesta casa. Os deuses estão comigo.

– Está bem, compadre... mas não precisa apontar-me esse dedo.

– Aponto... aponto, sim!... e até com a mão esquerda! – fervia Jossia Nzualo, com o indicador esquerdo içado.

– Está certo, compadre. Fique calmo.

– Estou calmo... muito calmo. Não conseguem ver?! – berrou. – Será que é difícil perceber que este rapaz deve, pelo menos, cumprir as suas obrigações?

– Que obrigações, compadre?

– Quero lobolo e mais nada, como manda a tradição! – rangeu os dentes.
– O quê?! – Feniasse coçou a nuca.
– É isso mesmo. Tiveste o tempo mais do que suficiente para te preparares, genro valente! Agora assume. Não pediste a mão da minha filha?! Então!...
– Mas compadre... não há um outro meio qualquer? – reagiu Vasco.
– Se não há lobolo, um, não há enterro! Dois, exijo a minha neta Bêbête de volta, porque sem lobolo este rapaz não é legítimo pai dela. E mais... se não for cumprida a tradição, toda a desgraça tombará sobre o dono do problema, a sua família e as gerações que o seguirão – o dedo, como uma seta, apontava Feniasse.
Com o sol acelerando-lhes as tonturas, Feniasse arregaçou as mangas. Partiu com a sua comitiva, em direcção a casa. É uma questão de honra, e de respeito pela Malossi – zumbia.
– Mas não é assim... essa medida é de outros tempos! O meu compadre está a brincar com o fogo – reagiu Muguidjani, pai de Feniasse, arquivado numa esteira, e com rugas na cara queixando-se de velho reumatismo.
– Mano, não há tempo para mais dores de cabeça – alertou Titossi. – O mais importante, a esta hora, é reunirmos as coisas que eles querem e avançarmos.
– Se assim for, que seja, mas isto não me cheira nada bem! – avançou Muguidjani.
– Eu vou até ao fim! – frisou Feniasse.
Na manhã do dia seguinte, homens e mulheres transportaram o dote. Apresentaram-no aos Nzualo. Conferiu-se. Encaminharam as vacas, e vestiram a morta, colocando-lhe os adornos...

– Não quero falar muito – Nzualo usurpou a palavra. – Notem somente que falta aqui um frasco de rapé, e o valor da multa, considerando que a gravidez aconteceu antes do lobolo... mas vou descontar, por generosidade. O mais importante agora é o enterro.

– Nada de generosidade, compadre – falou Titossi. – Quanto é a multa?

– Quatro notas de cem – a voz de Nzualo murchou.

Vasco espalhou as notas na esteira, e a tia Velina colocou um frasco de rapé...

– Foi por sorte – cochichou Velina. – Ninguém tinha solicitado rapé. Aquele frasco ali é meu.

– Assim já podem avançar – Nzualo autorizou.

A morta foi envolta nuns panos e colocada sobre estacas. Silêncio acompanhou o cortejo até à campa dos Nzualo. Terminado o enterro, os Malunga nem foram a casa de Jossia. Dispersaram-se. Voltaram, semanas mais tarde, Feniasse, Vasco, Velina e mais dois vizinhos. Encontraram Jossia, naquela manhã. Tecia uma esteira.

– Hoyo-hoyo, genro, compadres... sejam bem-vindos!

– Vamos directo ao que interessa – falou Feniasse, em tom firme.

– Pela voz, sinto que o meu genro tornou-se homem – riu-se o sogro.

– Vim aqui buscar a minha mulher.

– Mulher? Que mulher, se ela foi enterrada!? – Nzualo parou de tecer.

– Seguindo a tradição, compadre, onde é que uma mulher casada deve ser enterrada? – replicou Vasco.

– No território do seu marido – Nzualo acariciou seus cabelos brancos. – Quer dizer...

— Como pai e porta-voz dos vivos e dos mortos da sua família, deve cumprir as suas obrigações — completou Feniasse.

— Oh yo yo yo yo... — suspirou Nzualo. — Querem dizer que é necessário desenterrá-la?!

— Não queremos é maldição na família, conforme o compadre anunciou, como porta-voz dos vivos e dos mortos. Por isso, seja respeitada a tradição! — ripostou Vasco.

Jossia Nzualo largou a esteira. Caminhou, em direcção ao cemitério. Enquanto aguardavam, os Malunga falavam, calavam-se, murmuravam. Cansaram-se. Chegaram ao cemitério. Nzualo espetou a pá na areia, limpou suor e vasculhou torrões de areia nos olhos.

— Já está a anoitecer, sogro — avolumou a voz Feniasse.

— Está sim. Peço a vossa compreensão. Não é minha culpa. Tenho a certeza de que ela foi enterrada num destes três sítios... — apontava cada um dos buracos que abriu. — Estão a ver aqui nesta zona? Vocês não se lembram?

— O mais importante é que a tradição seja cumprida, compadre! — cortou Vasco. — Vamos embora — saíram.

— Oh yo yo yo...

Diziam as ruas de Nawene que Nzualo ficava o tempo todo no cemitério a cavar. No descanso, falava à falecida mulher. Temos mesmo que devolver Malossi aos donos — confessava. — Faz qualquer coisa desse lado...

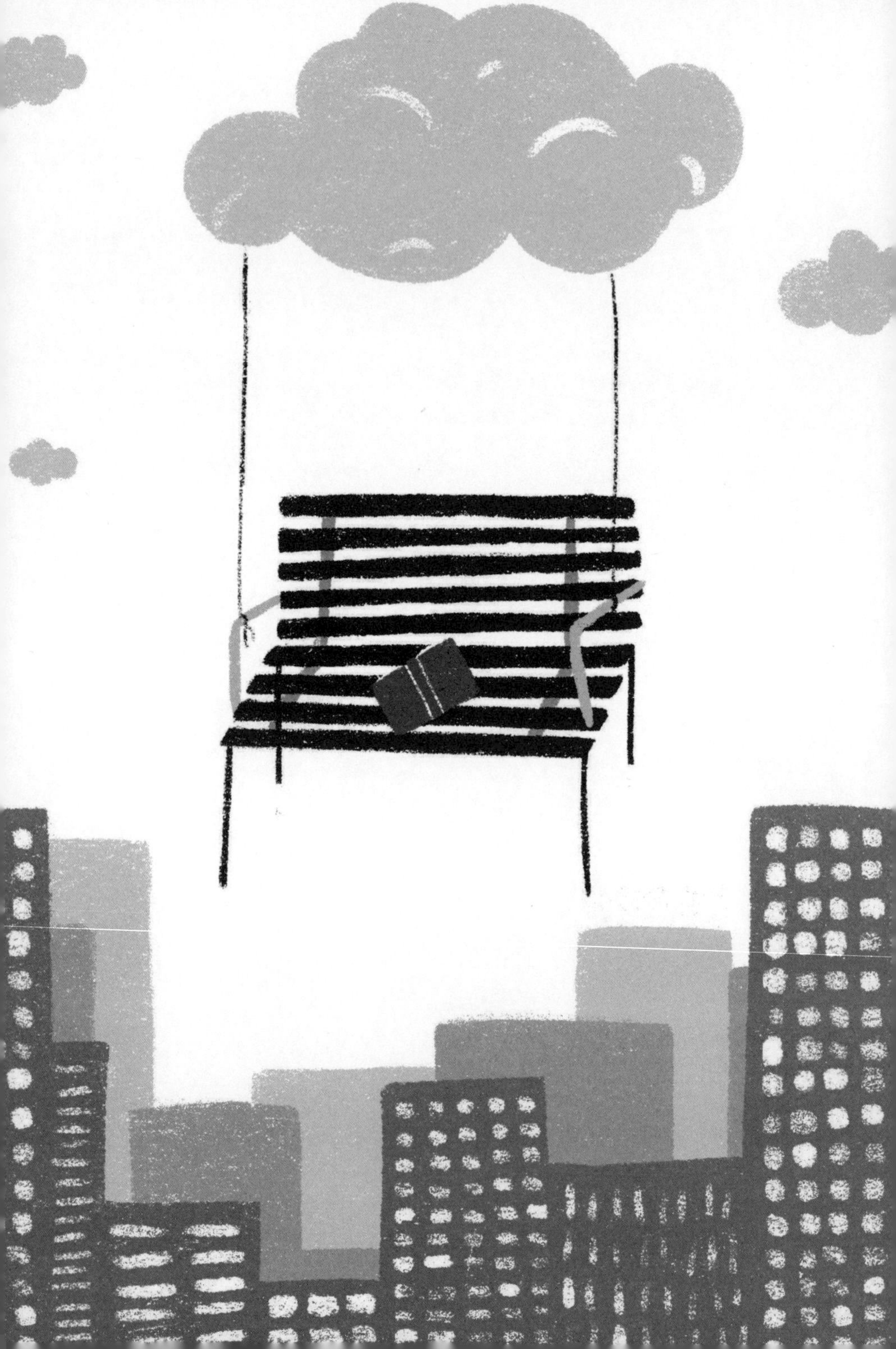

O encontro

Sentei-me no banco, à sombra duma das árvores da Avenida Friedrich Engels. Tinha lá um encontro com um velho companheiro, com quem, fazia tempo, eu trilhava caminhos. Ia refrigerar a memória.

Entretido na leitura, não me apercebi logo da chegada dele. De novo, tu, Muyeche, com o teu Livro da Vida – disse, ironizando "Livro da Vida".

– Eih, Outro, já chegaste? – tratei-o pela alcunha.

Ele atrapalhava-se sempre que eu lia o Livro. No princípio ele atiçava-me para o não ler. Por causa da minha insistência, ele mudou de táctica: tudo fazia para me distrair. De propósito provoquei o encontro. Queria perceber melhor.

– Tudo bem? – disse.

– Sim – parei de ler.

Mostrou-me, no banco vizinho, um moço e uma moça. Estavam a trocar confidências. O moço parecia ser o mais irritado. Ela falava com voz de mel, que condizia com aquele dia, de São Valentim. Tinha uma blusa vermelha, e ele uma camisa cor-de-rosa, gravata cor de vinho, que combinavam com a rosa que ele trazia na mão. Reflexões intercalavam silêncios.

– *Claro que te amo, mas será que hoje é dia próprio para me falares de casamento?!* – disse ele.

– *Tu me amas e estás aí a dizer que...*

– *Serena, não fujas! Não estou a dizer, estou a perguntar se*

falaste com o Paíto sobre esse assunto – não lhe deu fôlego.
O meu amigo estava atento. Convinha-lhe que eu deixasse de ler e acompanhasse a conversa dos jovens.
– *Sim, Ventura, falei com ele sobre isso* – respondeu Serena.
Já passava muito tempo, e a discussão amuava. Fiquei a olhar para as pessoas que passavam.
– *Já notaste que as pessoas levam muito a sério essa história de São Valentim?* – ciciei.
O meu amigo fingiu não ter percebido. Retomei a leitura. Estranhei, contudo, que ele não dissesse nada. Parei de ler. A indiferença dele intrigava-me. Pareceu-me intencional. Continuámos calados. Eu matutava. Ele também.
Conheci-o na adolescência. Crescemos juntos. Ele era ousado, eu discreto. Ensinou-me arrojo, experimentações. Tens que ser radical – dizia-me. Achava-me mole. Mexe-te! – empurrava-me. Mexi-me até à primeira namorada, ao primeiro cigarro, à primeira cerveja, à erva. Ele ficava a bater palmas e pisava no acelerador.
Voltei a ler. Depois de uns momentos, balbuciei qualquer coisa sem importância. Ele interrompeu-me. Disse "silêncio" com o indicador nos lábios e pronunciou baixinho: – escuta, escuta!
– *Ainda não sei o que vou fazer* – ela disse.
– *O quê... "não sei!"? E achas que isto vai acabar assim?!* – berrou Ventura, com olhos fora das órbitas, que a impediam de falar.
A moça espiou-o. Nós do nosso lado continuámos a seguir, com discrição. Está a animar, não é? – disse-me Outro.
– *E agora, qual é a solução?? Diz qual é o outro meio, Serena! Pensa bem!!!* – insistiu Ventura, com os olhos nos olhos dela.
– *Mas...*

– Nada, nada e nada!... Mas o quê, Serena?...
Perdi-me naquelas palavras. Eu queria mesmo sair dali. Outro queria ficar ainda. Por fim, levantámo-nos. Andámos quase duzentos metros, sem uma só palavra. O Livro é que se agitava para frente, para trás, p'ra-frente-p'ra-trás... chegámos à esplanada do Jardim dos Namorados. Sentámo-nos.
– O que é que bebes? – propôs... – Que tal uma cervejinha?
– Sumo para mim – eu disse. Ele hesitou. Chamou àquilo palhaçada. Não percebo como é que um homem pode privar-se das delícias que a vida oferece. Um homem deve ter, pelo menos, um vício: ou bebe ou fuma ou anda nas saias. Eu já te disse: mexe-te! Vida só há uma e acaba aqui. É uma pena! Esses doces só te vão provocar doenças, não compensam, e é típico de maricas – ele falou, mas acabámos bebendo sumo os dois. Não dá para entender! Como é que paraste com tudo!? – ele murmurava as suas frustrações.
– Que dia esquisito... – falei baixinho. Antes que eu insistisse, a voz dele dizia "olha... olha... olha...". Fez um sinal com a cabeça, para me mostrar o casal de namorados a chegar. Os dois instalaram-se perto de nós.
– Que história é esta?! – falei aos botões.
Ventura suspirou, antes de puxar numa cadeira. Sentaram-se. Ele pediu uma cerveja e perguntou-lhe:
– O que é que queres beber?
– Nada! – disse ela, fitando o moço.
Ele acariciava a rosa que ia murchando. Bebia cerveja. Ela bebia paciência.
O ambiente era outro ali. Circulavam rosas nas mãos da meninada que enchia a esplanada. Cruzavam-se odores de perfume que me impediam de ler. A cacofonia não deixava perce-

ber o que diziam os namorados. Tu és parvo mesmo! Achas que vais conseguir ler com este barulho todo? – disse-me Outro. Ah, tlhaaa! – fechei o Livro.

Olhei para os vizinhos de mesa. Pareceu-me que não se tinham apercebido da nossa presença, lá no banco. Ou então não lhes fazia diferença alguma. O ritmo da conversa acelerou. Comecei a sentir mudança no tom de voz do moço. Virou rugido.

– *É isso mesmo que ouviste. Deves tirar essa grávida! Olha, tu dizes depois ao teu irmão que se tratou de uma pequena brincadeira.*

Outro recordou-me um episódio do passado. Lembras-te de que tu obrigaste a tua namorada a tirar? Lembras-te? – insistiu. Fiquei a apalpar a testa.

Serena olhou para o namorado com cara de náuseas. E não disse nada. Ventura virou-se e olhou para mim. Desviei a atenção.

– *Não!* – decidiu Serena, de repente. Levantou-se e berrou baixinho, cerrando os dentes. – *Agora ouve-me, tu, homem sem vergonha! Só pensas em ti, não é? Deves saber, mas é, que se trata de uma brincadeira, sim senhor! Escuta lá muito bem... eu não estou e nunca estive grávida. Só tenho um espinho aqui, aqui!* – descarregou, apontando o pescoço. – *Tenho nojo. Olha, eu não ia falar sobre fantasias com o meu irmão, Paíto, ouviste? Tu é que deves tirar essas minhocas que tens na cabeça... estás a ouvir bem? Pensas que eu sou teu brinquedo?... só queres utilizar-me, não é?... Eh paa, agora vai lá reflectir mais um bocado... tlhaaah... adeus!*

– Serena! Ouve cá... Serena!...

– *Deixa-me, Ventura!...* – ela foi-se embora.

O moço olhou para a rosa. Apetecia-lhe pisá-la, esmagá-la.

Pegou-a. Ela reagiu. Picou-lhe o dedo com um espinho. Ele chupou o sangue.

A meninada barulhava. Ventura colocou as mãos na nuca, e com a testa batia na mesa.

Enquanto, em surdina, Outro se ria, abri o Livro. Corri para o início. À génese de tudo. Fugi. Exilei-me no imaginário. Meus pensamentos partiram em êxodo. Pararam no pecado. E estava lá escrito. Eu lia, corria... ferviam, no meu juízo, as frases da Serena; eu voltava a ler: não matarás. No meu íntimo eu dizia a Ventura: pede perdão.

Provocou, agora aguenta! – cochichou Outro, e falou para mim: tu só sabes pensar muito alto. Tu próprio pediste perdão?

Escuta aqui – murmurei – para de insinuar! Dizes que no passado obriguei a minha namorada a tirar, esqueces-te de que conversei contigo, antes. Agitaste-me e cedi. – Hei... hei, Muyeche – reagiu ele – não venhas aqui com histórias. És livre de fazer escolhas. Não te faças de vítima. Olha só... há pouco, sugeri-te uma cerveja, insististe no sumo e aí estás a açucarar a tua saúde. Assumiste. A quem vais atirar as culpas depois... hein?

Não respondi. Chamei o servente e pedi a conta.

Ventura tentava reanimar a flor. Respirou fundo. Parou a respiração, levantou a cabeça. Passava, naquele instante, uma moça. Olhou para ela, ela para ele. Ele para a saia, e ela tentando sem sucesso tapar as coxas.

Outro disse-me: vê o que vai acontecer com estes dois... aaah, estas almas!

Ventura chamou-a.

– *Qual é o teu nome?*

– *Orquídea* – ela sentou-se.

– *Que nome perfumado!*

Eu lia, enquanto aguardava a conta. Escuta isso – alertou-me, entretanto, Outro.
– *Não me digas!* – sorria o moço.
– *É verdade! Ah, hoje não podia ser dia melhor, para mim. Sabes que estou apaixonado por ti?!* – brilhavam os olhos de Orquídea.
– *Valentim é mágico, não é? E há quem não acredita!* – sorria Ventura.
– *Sabes duma? Contigo percebi o que é amor à primeira vista, meu Valentim* – ela sussurrou-lhe ao ouvido, sentada no colo dele.

Outro interrompeu-me: está aí a resposta à tua pergunta sobre o Valentim – disse e sorriu – e lá vão os dois pombos. Ah, estas almas!

Saíram os dois, de mãos dadas. Saí também. Voltei ao banco da Friedrich Engels. Fiquei a ler. Outro chegou. Estás a ver aquele casal ali? – interpelou-me.

Proibi-me de tirar os olhos do Livro. Mais eu lia, mais Outro se ofuscava. Fugia. Desapareceu.

Tranquei o Livro e saí do encontro. Caminhei até a casa.

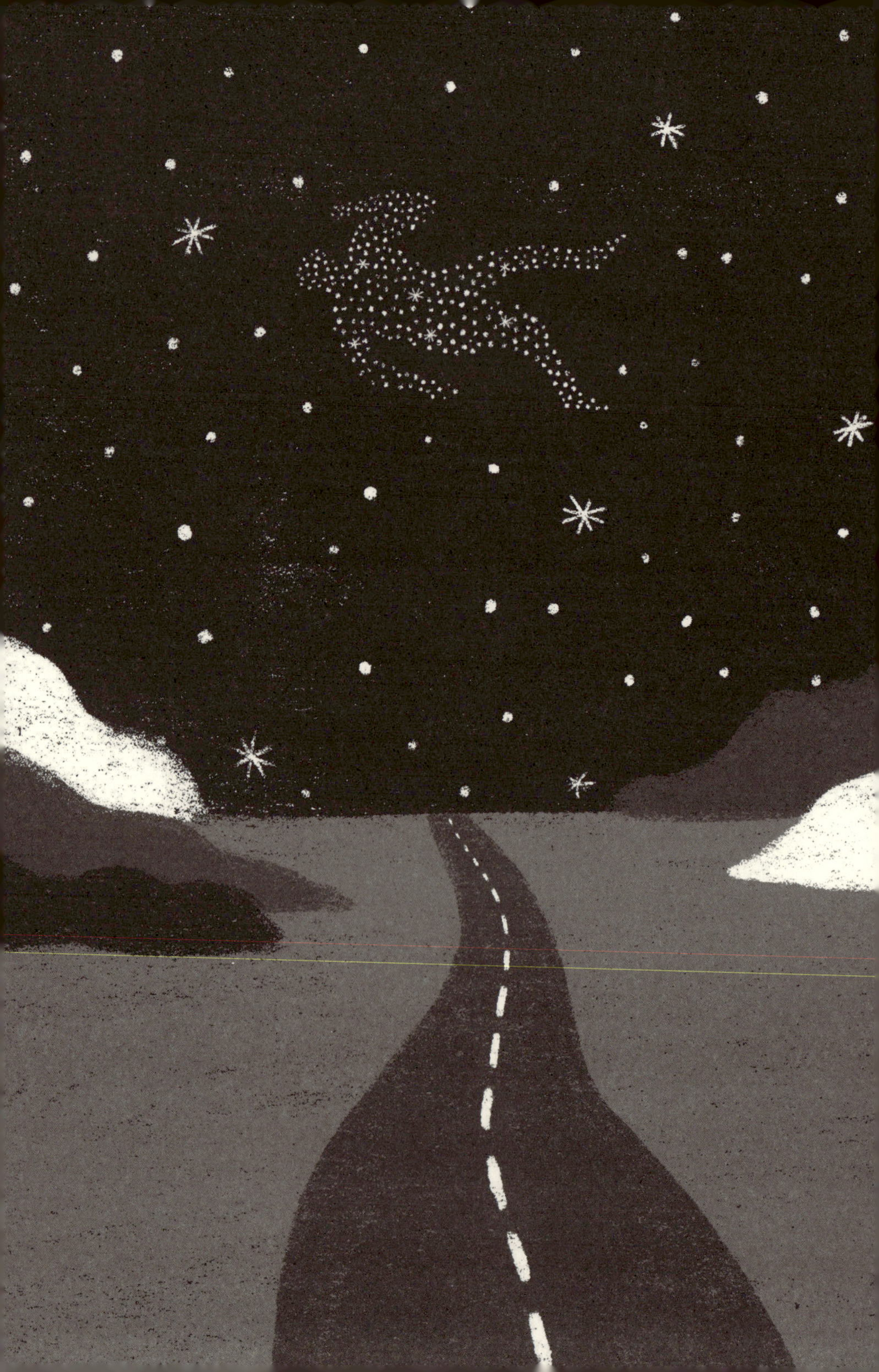

Um corpo no Vale S

– Ah, ele já vem! Ok... copiado! Sim, estamos aqui no Vale S! – respondeu ao celular, Alavanca, um dos três homens que, no escuro, acabavam de sair de um carro vermelho. O homem atirou para o chão o cigarro que fumava. Respirou fundo. Desligou o telefone e falou aos outros dois homens: hei... plano A em marcha. Falei com o Veloso. Diz que o Papa vem aí. Tu, Tiro-e-Queda, qual é a ideia?
– Vou me deitar, como sempre, na berma da estrada e me fazer de morto. Digam que estou nas últimas. O resto é só vocês fazerem como de costume.
– Ok. Tu, Dumissa, põe a chave na ignição. Quando tudo estiver pronto, vamos meter o elemento na bagageira do Citi-Golf, fazemos limpeza no carro dele e bazamos logo com ele até à igreja e terminamos a limpeza lá.

O padre Mupristi ia no seu carrinho, no meio da noite, como de costume. Saía da paróquia onde pregava, e dirigia-se a casa. Atravessava, no bairro de Tingana, a zona onde ocorriam raptos, chamada, por isso, Vale S, o vale dos sequestros. Lá no escuro, Mupristi conseguia ver uns vultos.

– O que é que se passa com aquelas pessoas? Parecem estar aflitas – pensava alto o padre, reduzindo a velocidade.

Acendeu os máximos. Quanto mais se aproximava, dois homens acenavam e apontavam para um corpo deitado no chão. Bem perto, estava a viatura vermelha.

O pároco imobilizou o carro, vestiu a sua batina e fez um sinal de cruz. Saiu.

– Socorro, Sô Padre – gesticulava Alavanca. – Aquele homem ali está nas últimas, por favor ajude-o com uma oração, para lhe abrir os caminhos.

O padre voltou ao carro, tirou uma bíblia, aproximou-se do homem que estava no chão, ajoelhou-se e orou.

Os homens aguardavam que o companheiro se levantasse, para golpearem o padre. Este terminou a oração, mexeu nos olhos do homem deitado, fez um sinal de cruz e anunciou:

– Oh, que pena!

– Que pena o quê, Sô Padre?

– O nosso irmão já não está conosco.

Alavanca e Dumissa imitaram o silêncio do vale. O susto obrigou-os a precipitar o corpo do morto na bagageira do carro vermelho.

– Dumissa, paa... faz essa porcaria andar – berrou Alavanca, dentro do carro.

– Não estou a fazer de propósito, estão a ouvir que o carro é que não quer pegar... – tremia Dumissa, voltando a fazer girar a chave na ignição.

– Obrigado, Sô Padre. Vamos ficar a resolver.

Mupristi arrancou. – Eu é que não percebi! – viajavam seus pensamentos.

O carro vermelho continuava a refilar, quando uma patrulha policial, que passava por ali, parou.

– Tudo bem por aqui? – desceram os polícias empunhando armas. Eram oito.

– Tudo bem, sim. Só tivemos uma pequena situação. O carro foi abaixo – respondeu Dumissa.

– Posso ver a vossa documentação? – ripostou o polícia, que comandava a equipa, focando os homens com uma lanterna. – Oh, afinal és tu Alavanca? O que é que provocaram desta vez?
– Nada, chefe Monteiro.
– Onde tem andado aquele malandro do Tiro-e-Queda?
– Já não está cá. Viajou.
– Ok. Este carro tem corda? Abre a bagageira, não temos muito tempo.
– Não é preciso puxar, chefe. Uma pequena tchova vai dar jeito.
– Então, querem uma mãozinha?
– Sim.
– Ya. Vamos a isso.
Os polícias e Alavanca empurraram o carro. Pegou. Desapareceram todos no escuro.

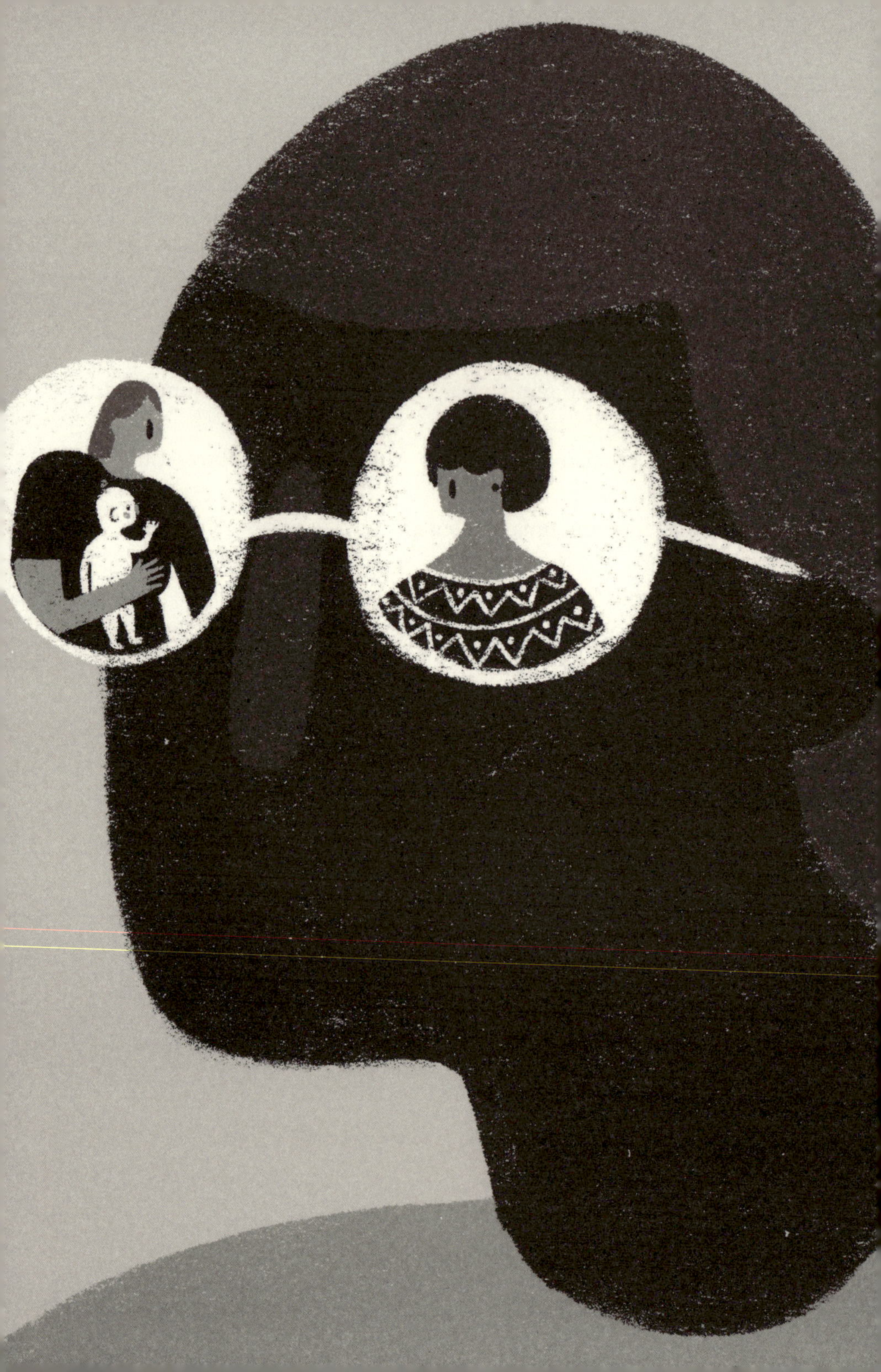

O homem do rádio
e Mailinda

Azarias chegou aos Serviços de Migração. Conversou com uma funcionária de atendimento, sobre documentação para trazer a família da Rússia, de onde ele voltara fazia oito meses.
— Está a falar da sua própria família, senhor Azarias? — perguntou a funcionária, folheando o passaporte dele.
— Estou, sim, senhora Mailinda — respondeu, lendo o nome no crachá pendurado no peito dela.
— Então é casado? Pergunto isso porque não vejo a sua aliança.
— Sim — Azarias sentiu a conversa tornar-se mais pessoal. — Casei-me em Moscovo, na igreja e tudo. Perdi a aliança durante a viagem de volta — sorriu.
— Que igreja, na Rússia?
— Católica, mesmo.
— Então conhece bem a Rússia.
— Estudei dez anos lá.
— Neste momento a sua esposa está cá?
— Não. Ela ficou lá com o nosso filho.
— Então, pensa em trazê-los cá, é isso?
— Bom, vai depender. Se eu arranjar emprego cá, eles vêm, se não, talvez eu volte lá.
— Disse talvez?
— Talvez é mesmo por causa do emprego.
— Procura emprego em que área?

Azarias coçou o nariz.
– Formei-me em sistemas de rádio e comunicações, e em tratamento de lixo e saneamento.
– Interessante.
– Interessante?
– Seu caso é interessante, sim. Passe cá amanhã. Vou informar-me sobre isso.
– Amanhã?
– Sei que anda um plano cá, de aperfeiçoar a rede nacional de rádio. Talvez haja novidades para si. Está a coçar o nariz porquê?
– É emoção. Obrigado por poder contar com o seu apoio.
– Nada, por isso. Passe por cá amanhã.
Eu, técnico de rádio da Migração oh... – sorriu, ao sair. Pensava na rádio que o perseguia. Lembrou-se do seu primeiro transístor. O pai trouxera-lho da África do Sul, onde trabalhava desde jovem. Faife encontrara o meio mais rápido para dar notícias à família. Enviava anúncios à rádio, e eram transmitidos no programa para emigrantes.

Ele voltou à Migração, no dia seguinte. Mailinda sugeriu-lhe que esperasse. Aguardou.

– Melhor irmos ao jardim, aqui perto – ela disse, ao sair. Tens pressa?
– Não, não... – reagiu, rasteirado pelo tu da intimidade.
– Sabes que fiquei curiosa... como se chama a tua mulher?
– Olga. Ela é russa.
– Ah, russa! Eu já ia perguntar isso. Não te incomodo, se falo de coisas muito pessoais?
– Nem por isso.
– Estás mesmo confortável?
– Fica à vontade. O meu coração está aberto, mesmo aos

domingos e feriados – riu-se Azarias, inventando conversa, até chegarem ao jardim botânico.
— Vivo sozinha sim – ela sentou-se. – É uma história longa. Sou divorciada. Quase por mútuo acordo.
— Como é que se chama o seu ex-marido?
— Trata-me por tu, é mais prático. Olha, na brincadeira eu chamava-lhe "meu mulato de olhos azuis". Nome dele é Félix Andropoulos. Conheces?
— Não conheço. Esse apelido é grego, não é?
— Se não me engano, o avô era grego.
— Um detalhe só... tu é que pediste divórcio?
— Não. Ele é que avançou.
— E tu alinhaste...
— Tive que perceber. Foi muito duro para mim, mas havia razões fortes. Eu própria já estava farta da pressão da família.
— Pressão?
— Estávamos casados passavam sete anos e não conseguíamos ter um filho. Andámos em tudo o que é hospital, nada! Até palhotas visitámos. Há um espírito aí que disse que eu só teria filho depois de ele ter um, fora. Achei isso uma maluquice. Acreditas em espíritos?
— Até prova em contrário, não.
— Acreditas em Deus?
— Tenho as minhas dúvidas.
— Ok. Voltando ao Félix, ainda por cima, ele não me escondia que tinha uma outra mulher. Então entre dois males, eu escolhi um, ou eu ficava teimosa a sofrer, mas com ele, ou abria a mão, e perdia-o, mas livre. Então, cá estou, eu, a voar como uma cegonha. Aliás, vem conhecer a minha casa, assim, vamos conversar mais.

– Tua casa?

– É. Não saí de mãos a abanar, do casamento. Foi mesmo amigável. Ele deixou-me tudo, e nem foi preciso tanta chatice.

– Nem era isso que eu estava a perguntar. Eu só estava a ver-me a ir à tua casa, assim... – ele estalou os dedos. – Mudando de assunto, como está o plano de rádio, lá no teu serviço?

– Fiz os primeiros contactos. Prepara o teu CV e outros documentos. Não conheço detalhes, mas o plano existe. Ainda bem, aproveita para trazeres a papelada, quando fores a minha casa, este sábado.

Ela explicou-lhe como chegar a casa. No sábado, Azarias entregou-lhe os documentos.

– Pensei que te fosses perder – disse ela.

– Nem foi complicado. Mas, antes disso, aquele tipo com quem me cruzei na entrada é o Félix?

– Ah, sim. Então cruzaram-se! Ele vinha buscar uns documentos.

– Estranho.

– Não tens que estranhar nada. Eu é que te convidei para vires ter comigo. Está tudo controlado... entendes aonde quero chegar!

– Estou a tentar perceber. Só não é assim tão fácil.

– Nada é fácil na vida. O mais importante é a pessoa saber o que quer. Indo directo, queres viver aqui comigo?

– Eish!

– "Eish" quer dizer sim ou quer dizer não?

– Eish! A resposta não é "não"! Só que...

– Só que coisa nenhuma – tocou-lhe os lábios com os dedos. – Deixa que a noite te ajude a responder.

Azarias falou com Miséria, a mãe, no dia seguinte. Ela acabara de ser viúva pela segunda vez. Quando o primeiro marido, pai de Azarias, desapareceu, após desabamento de mina, ela soube pela rádio. A família dizia que era maldição, e culpava Madlaya Nhoca, o segundo falecido, irmão mais novo de Faife, que a usurpara. Antes do desabamento, ele engravidara Miséria.

– Então queres largar-me de novo... – disse Miséria.

– Não é isso, mamã. Eu tenho mesmo que começar a organizar a minha vida.

– Pensa bem. Dizes que essa moça é um anjo, é divorciada, até está a arranjar emprego para ti... cuidado, meu filho, nem tudo o que brilha é ouro. E a outra família que deixaste lá no estrangeiro?

– Mamã, já estou a cuidar disso. Quer dizer, vou tratar desse assunto depois.

– Pensa bem, meu filho. Mas, bom... Deus é que sabe!

– Que Deus, mamã?!

– Não fales isso, menino.

– Falo, sim. É preciso ser pragmático. Para mim, conta o que vejo. Acção.

– Meu filho... Vais-te embora, e eu, como é que vou viver?

– Já pensei nisso. Esta casa já está vendida. O comprador vai construir uma casota para ti, num outro lugar. Com uma parte do dinheiro do negócio vamos montar uma banca, para venderes qualquer coisa. Com o resto vais vivendo.

Azarias vivia já com Mailinda, e começara a trabalhar num projecto, na Migração. A mãe continuou a viver por algum tempo na casa, enquanto terminava a construção da casota.

Olga chegou de Moscovo, com Dimitri, o filho. Ligou para Azarias, do aeroporto. E agora! Como é que uma pessoa pode fazer coisas sem pensar!? Eu nunca mais vou sair deste lixo de vida – dizia Azarias para si. Pensava na Olga. Levou-a a casa da mãe dele.

– Então nunca mais disseste nada – falou Olga, em russo.

– Aconteceu tanta coisa cá, que fiquei baralhado. Eu ainda queria falar contigo. Tu também precipitaste as coisas. Por que não me avisaste?

– Eu já não suportava o silêncio. Lembras-te... avisei que eu podia cá vir, caso fosse necessário! Como não dizias nada, cá estou.

– Agora não sei, porque nem sequer estou a viver aqui em casa. Estou numa casa de família.

– Não há problemas, podemos ir ficar lá juntos, caso não, vens tu cá.

– Nem uma, nem outra coisa. Ouve, ficas quanto tempo cá?

– Estás a perguntar-me, assim mesmo, quanto tempo?! Devias era responder a essa pergunta, e não me esbofeteares com ela! Onde é que estás a viver, afinal?

– Vou explicar-te com tempo. Olha para isto!... achas que este é sítio adequado onde podes viver como deve ser? Não é Moscovo aqui. Isto é madeira e zinco, num bairro de lata. O terreno é grande, mas não há dinheiro para construir. Achas que saí daqui, porquê? É isso que deves perceber.

– E a aliança, onde é que está?

– Perdi.

– Há outra mulher, no meio de tudo isto? É isso?

– O que é que te faz pensar assim?

– Quando falas de casa de família, aonde queres chegar?

– Vou explicar com tempo.

– Tempo... que tempo, se, já agora, nem sabes quanto tempo vou ficar cá?! Isso não funciona. A resposta é sim ou não?

– Quer dizer, eu até podia dizer sim, mas...
– Não quero saber mais nada. Pelo menos trata da nossa viagem de volta.
– Vai com calma... Sei que tens razão, mas tens de entender...
– O que significa entender aqui neste país? Não quero entender nada. Se tiveres alguma coisa a dizer, sabes onde nos encontrar.
– Tens razão, mas dá-me a chance de explicar.
– Deixa-me dormir, que estou cansada!

Azarias pernoitou em casa da mãe. Ao voltar a casa, Mailinda foi directo.

– Ouvi dizer que estavas com uma loira, ontem... não me digas que é a Olga?
– Acontece é que ela chegou, e eu tinha que encaminhá-la a casa de minha mãe. Não tive como voltar a casa.
– O quê? E achas isso normal?
– Acho, até posso explicar.
– Eu esperava que dissesses que é mentira! Tu não estás bom, mesmo. O que é que isso significa? – Mailinda olhou-o nos olhos.
– Deixa-me explicar.
– Explicar?! Explicar o quê? Nem sequer podias dizer-me que ela vinha! Achavas que eu não havia de descobrir?
– Acredita em mim... eu não sabia que ela vinha.
– Estás a chamar-me de burra, não é?! Logo hoje que eu tinha uma notícia para te dar.
– Que notícia?
– Estou grávida. Agora, carrega as tuas coisas e fora!
– Ho ho ho! O que é isso? Podes dar-me uma informação de cada vez, por favor? Estás grávida?

— Ouviste bem.
— Muito engraçado! Andaste aflita porque não tinhas filho. Agora tens um, mandas embora o pai! Até dá para rir. Eu também tenho uma notícia para ti. Já fiz a minha escolha. É contigo que quero viver.
— Escolha errada!
— Como assim, escolha errada? Não faças isso!
— Tu é que não me deves fazer de idiota. Sabes o que é que significa trazer mulher e filho da Rússia? Não será a famosa história das bonecas russas? Queres fazer-me acreditar que isso não é nada? Fica com ela, que eu abro a mão. Afinal a tua verdadeira família chegou, não é? Também já estou farta de histórias dos homens. Eu já fui segunda, chega! Não posso cometer o mesmo erro várias vezes.

Olga regressou. Azarias alugava um quarto no subúrbio. Estou de viagem marcada. Vou ficar uns meses nas províncias, a trabalhar — anunciou ele a Mailinda, nas vésperas do parto. Ao regressar, o menino corria. Ele falou com ela.

— Romperam o meu contrato de trabalho. Não me digas que tens alguma coisa a ver com isso!
— Onde é que eu entro aí? Se não tens mais nada para falar comigo, deixa-me em paz. Arranjo-te emprego, mandam-te embora, e eu é que sou a culpada. Pensa bem. O que é que eu ganho, ao te mandarem embora?! Agora, sai, por favor.
— E o meu filho?
— Que teu filho, Azarias?! És cego? Não consegues ver que não é teu filho?
— Não estou a perceber.
— Pelo menos, que ele tem olhos azuis consegues ver!
— Consigo, sim. Mas os olhos ...

– Deixa-me ser sincera contigo, Azarias. Eu também não estou a saber controlar nada. Olha para as minhas mãos, estão a tremer. Lembras-te, quando te falei dos espíritos? Eu queria era ter a certeza se eu é que não fazia filhos ou se era o Félix. Acontece é que ele teve uma filha com a nova mulher dele. Não fiquei conformada. Queria ter a certeza de que eu não fazia filhos, mesmo. É então que te conheci. Na verdade, só me separei dele no papel, continuei presa nele. Ele vinha sempre aqui. Quando fiquei grávida, fiquei mais confusa. No fundo, eu até queria ficar contigo, mas eu tinha de tomar uma decisão. Quando o miúdo nasceu, alguma coisa disse-me para eu fazer um exame. O mais estranho que pareça, o Félix é o pai do meu filho, agora que sou amante dele, vê só! Não é que o espírito tinha razão.

– Espírito! Que espírito?! A culpa é toda minha. A verdade sempre esteve perto de mim. Eu é que andava cego.

– Não digas isso. O que é que tens feito?

– Ando por aí. Sem casa, sem família, sem dinheiro. Apresentei um projecto ao Conselho Municipal, de gestão de lixo. Como eu te disse, formei-me também na área do lixo.

– E a casa da tua mãe?

– Levei cabeçada. Vendi a casa a um mafioso. Ele ficou com a casa, e construiu uma cabanita, não como combinado, num outro sítio. Dinheiro que é bom... nada! O caso está a apodrecer no tribunal. E quem carrega as culpas?!... Eu!

– Sinto muito. Vem ocupar a dependência, enquanto esperas.

– Bem que a minha mãe me disse!

– Disse o quê?

Azarias não respondeu. Desapareceu. Enquanto demorava a resposta do município, decidiu antecipar o projecto. Tirava medidas na lixeira. Aos poucos, arrumava montões de lixo por sectores. Quando se cansava, ficava a ouvir rádio. Daí lhe nasceu a alcunha: o homem do rádio. Sonhava. Com o dinheiro, compraria o bilhete para ir dar explicações à Olga.

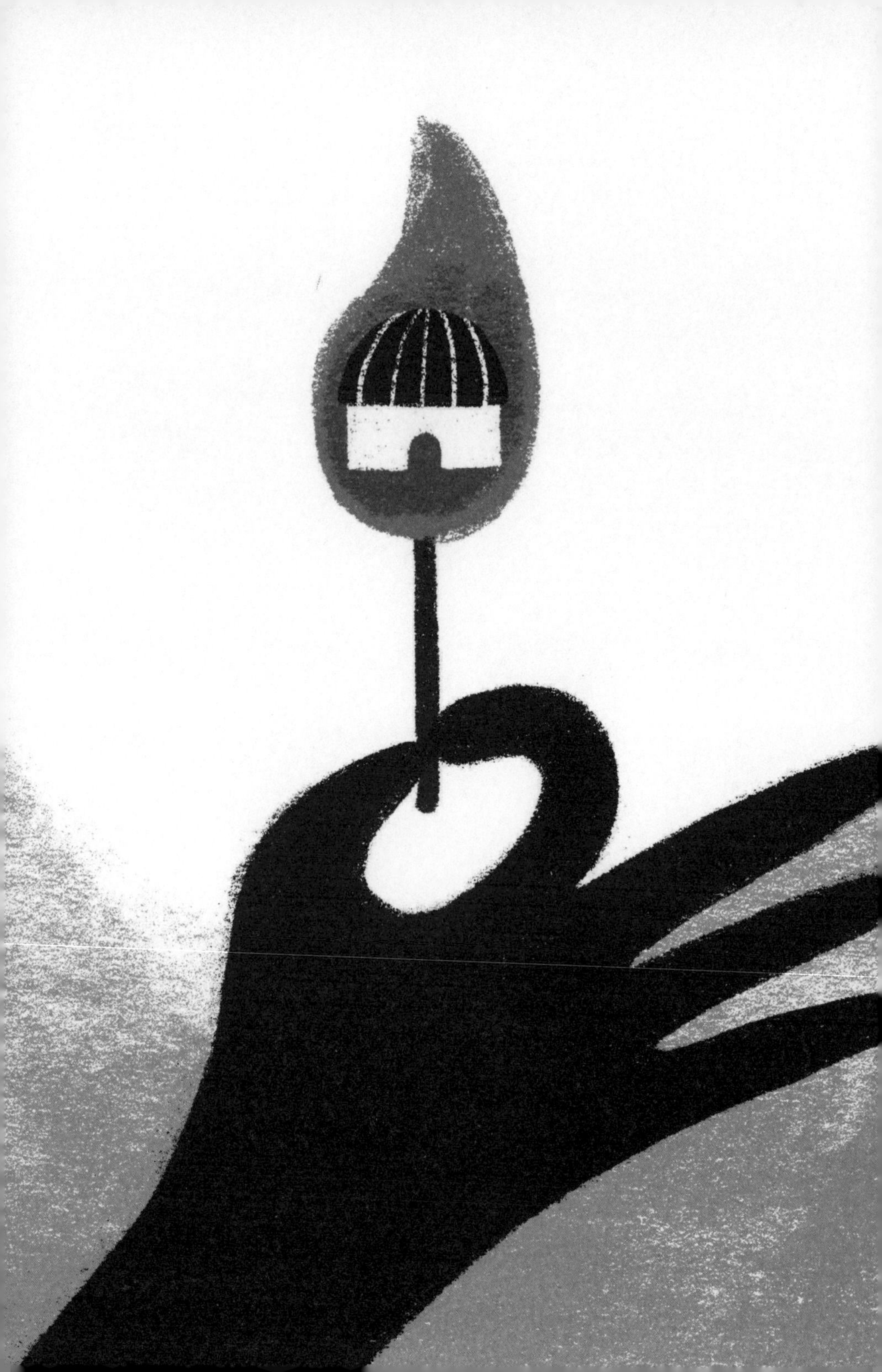

Ximamate ngura ngura

Não me olha assim! Fecha os olhos! Estás a gostar me ver chorar, não é? Fiz isto porquê? Aconteceu sozinho... eu nem queria você estar aí deitado! Só queria você recuperar juízo. Isto é por causa de você mesmo. É homem daonde o tempo todo anda a bater mulher dele parece batuque? Hã? Tinhas razão o quê?! Tinhas razão, andar a distribuir filhos em todas as mulheres que vias?

Lembras? Chegaste aqui, estavas a vir da tua terra de lá longe, nem língua daqui não falavas. Recebi você, as pessoas falavam você és chingwerengwe, e me riam. Me disseste assim eu devia deixar a igreja aonde eu ia fazer descansar os meus problemas. Aceitei mapoco, até quando você me lobolou com os bois... alguns, ainda por cima, eu é que dzarrasquei para ti. E você antão... já comias, bebias... já era gente, até já usava chinelo, e começaste me pisar... me chamavas mamã de pépé e depois me destribuías chapada e putapés... você dizia assim que estavas a bater os seus bois. Sou boi, eu? Quando nasci as crianças, chá que eu tomava era barulho... você não pacientava quando eu tinha barriga. Só vinha me espreitar, parece era só para ver se ainda não morri. Até te arranjei trabalho como guardo, lá na administração, mas um dinheiro só não me davas. Só dormias com as vizinhas. Nem galinha já não eras, eras vassoura. Varrias todas mininas.

Hã, pensas que estou falar muito já que não podes fazer nada?! Não é isso. Estou a abrir o meu coração. Você me abandonou. A única pessoa que tinha paciência comigo era o Mabutchana, aquele teu amigo que caça crocodilos no rio. Você falou com ele para me controlar. Primeiro ele me calmava. Mas... como, sempre, aqui em casa, continuavas com porrada, eh... cada dia cada dia, ele já estava me controlar doutra maneira. Eu até lhe afastei, só que a tua porrada, também, me empurrava para ele. Assim, o vizinho vinha me calmar e dizia cuidado para eu não me afogar nas minhas lágrimas... Aí as coisas aconteciam conforme que ele queria...

Recordas aquele dia você voltou das bebedera, e eu tinha ido na missa da falecida tia Podina? Eu também bebeu uns copitos para frescar os problemas. Me panhaste na casa, estavas com muitas bebidas no juízo, nem teu nome já não tinhas, eu podia te chamar com nome de um madjembene qualquer você aceitavas, até rias. Mabutchana e outros vizinhos te puxaram até aqui em casa. Mas querias sopa. Falaste assim mesmo na minha orelha: *senão vou te matar!* Eu disse yhúú... não demorou nada... Você falou está muito bom, e disseste só enchi mucado sal. Oh... não era sopa aquilo ali. Eu estava grávida do Armarinho e eu não podia mais dos vómitos. Despejei todos na panela que Mabutchana me entregou. Até é ele que aqueceu. O quê? Estou a ngura ngurar muito, não é? Só estou a tirar essas coisas aqui na minha garganta, estás a ouvir bem?! Ou pensas que eu tenho coração de pedra?!...

Pensas que todos aqueles cinco filhos são teus? Achas que Júnior, o Fiadinho, é teu filho? Armarinho, Guilória e Milagrosa, sim! Mas tens a certeza que a Duvidinha é tua filha? Oh paa... Não é nada disso, nunca dormi com outros homens! Foi só com Mabutchana... alma dos meus pais! Ele vinha aqui naqueles dias você andava dormir fora.

O quê? Iiiii... eu não podia dizer isso. Que dormi com outro homem, dizer a você? Era só para você me pertar pescoço! Então mesmo quando não fazia nada era porrada. Hokêê, chega. Yaa... sol também já está ir descansar. Hoje vais dormir na tua última cama. Como nas noites tudo é descanso aqui, ninguém vai descobrir. Banho? Não há tempo. Ontem aqueci água e te lavei? Hoje não dá. Xuuuu... hei... xuuu... parece estão a chegar pessoas lá fora. Estou ouvir bula-bula... hei... xuuuu fala baixo!
– *Dalicença! Dalicençooo!*
– *Vizinho!*
– *Vizinha!*
– *Dona Ximamate! Dona Ximamatêe!*
– *Dalicença pai de Fiadinho! Vizinho!*
– *Ninguém responde. Aqui há gato, aqui! Há qualquer algo mesmo. Dona Ximamate nunca desapareceu assim, nem o próprio Fiado. Três dias! Três dias que não ouvimos porrada. Eii... vamos embora...*

×××××

Xuuuu... não fala muito, você! Deixa eu espreitar aqui nos caniços se esses aí já foram. Eish, este caniço!... Ainda te lembras que fui eu que levantei esta casa? Você só estava cheio de preguiça nas mãos... mas esquece lá isso... Aqueles ali estão a ir. Ouviste eles a falar? Eram três homens e duas mulheres. Estão com saudade dos meus gritos. A voz que conheci é do Mulaleni, filho do régulo, aquele vizinho, magrito, que fuma muito parece capim quando nega se acender, e da dona Zulmira, aquela que vida dela é política, até reza lá na célula do partido. Outras coisas, eish! Aqui no Zongoene, as pessoas falam muito nem desaparecer um pouco só você não pode, querem saber. Enquanto quando tu me batucavas e eu gritava socorro, a noite só me sistia. As falas das pessoas ficavam sentado assim guééé e diziam yaaa já começou música.

Estás a dizer se pudesses se levantar daí eu havia de ver qualquer coisa!... Até eu quero para tu te levantares daí, mas... vou fazer o quê?! Só falta eu preparar cama para você dzarrascar bom sono. Só que, agora que as pessoas começaram com visitas, tenho que fazer com todas as pressas. Mas espera um pouco, volto já... fica aí, só vou trazer enxada.

×××××

– Onde está a enxada dele? Uma pessoa! Nem guardar no mesmo sítio não sabe. Eu deixo sempre enxada dormir aqui... mas se fosse eu?! Tlhaa! Deixa eu ir ver na outra palhota... onde está você, também, enxada? Tá a ver, não há nada aqui! Se a lua não estivesse a me apreciar, podia dizer é porque está escuro.

×××××

Não encontrei a enxada. Escondeste, não é? Só posso cavar com aquela pá que te emprestou Mabutchana. Eu queria te levar até lá no cemintela, mas meus pés já estão a reclamar... vou fazer a tua cama na machamba, aqui perto. Assim não há maçada, as pessoas nem descobrir não vão. De manhã vou semear amendoim e maçaroca, vais aproveitar beber água de rega. Aguenta aqui, vou arrumar o teu lugar... não, não, não... te deixar aqui, eiii, isso não!... esses vizinhos ainda vão te encontrar sozinho e vão me confusionar. Vamos juntos! Assim, quando eu cabar a cama, vais descansar logo.

Já esqueceste a história de crocodilo que gostavas contar? Falavas assim que pó de cérebro de crocodilo ajuda endireitar o juízo de uma pessoa. Como tu repetias isso e até rias, acreditei. Mabutchana escondia o pó na casa dele. Também ele confirmou. Ele dizia que cérebro daquele bicho não brinca mesmo. Pensei assim: deixa lá eu ajudar o juízo do meu marido. Encontrei aquele pó, estava dentro de um coiso de garrafa para pôr xarope. Levei. Abri, pus na tua bebida. Pus meia-colherita. Minha cabeça estava a me dizer que é só para te endireitar mucado. Ficaste logo a rastejar parece crocodilo.

Eu não queria você cair... eu tinha as zangas, sim, mas era só para parares de me pisar. Muito muito porque quanto tempo você não fazias aquelas coisas comigo? Só me fazias para fabricar os filhos! Você me lobolou para porrada e para vir trazer aquela Gina na minha casa? Era para eu aceitar o que ela disse? Disse que eu era trapo para limpar o rabo dela. Estás a ver todas essas despesas para os meus pensamentos e o meu coração?! Hã? Outra coisa... sabes que aquela Gina foi comprar trovoada de 50 meticais, e me mandou para eu morrer?! Mas como eu tomei um bom banho, a trovoada dela não me fez nada, só queimou aquele coqueiro que me perguntaste afinal o quê aconteceu com ele.

Agora, vamos sair! Dá lá a tua mão, aí! Aproveita me braçar, pelo menos uma vez nesta vida. Você sabe que nunca me braçou? Sabe? Só porque não casei casamento dos brancos contigo?! Aah... nós os pretos, também, não sabemos o que queremos. Podes ficar calado... Mas traz a tua mão! Heee... Fiado, ainda continuas confuso! Não é para deitar no chão. Mas você, paaa... eu já tinha fechado esses olhos! Olha, se continuares assim, vou te pegar os pés, te puxar até na machamba. Tua cabeça vai se gunhar no chão?! Óóó... se não queres dar a mão!... Ah, os vizinhos vão ver as marcas! Eles te disseram que vão chegar agora? Podem continuar a pensar devagar assim guééé. Meu medo é só se a lua e as árvores começarem a falar muito. Deixa eu te puxar, depois vou voltar para varrer o chão. Se as pessoas não te verem, vão perguntar onde estás?! Que perguntam!! Vou dizer você foi lá na tua terra de lá longe. Acabou!

Aah, para de meter tuas ideias na minha cabeça. Deixa eu abrir a porta. Hêê... não é para puxar a esteira paaa... aah!... deixa eu abrir a porta... Eiiii... você tinha razão... estou a ver umas sombras estão chegar...

– Dalicença dona Ximamate!

Yhûûûû... é voz de Mulaleni... não está sozinho... eh... me viram...

– Hoyo hoyo vizinhos... eish! Como estão a ver, estou aqui com o meu bêbado...

– Bêbado?

– Sim, ele andou a beber muito, daquela maneira dele, que até só Mulaleni conhece bem. Eh! Está a rir, Sô Mulaleni?

– Não estou a rir você... é que esse mano, eish!... Beber ele bebe!

– Quer ajuda, dona Ximamate?

– Não é preciso, dona Zulmira. Ele vai acordar, já lhe conheço.

– Vai trazer sal, vou lhe esfregar nos pés.

– Ah sal, Sô Mulaleni, nem um grão não tenho. Posso ir lá a sua casa, pedir?

– Então vou-lhe esperar, lá em casa.

– Hokêê!

– Já estávamos a pensar óó talvez aconteceu algum algo aqui em casa.

– Nada, sô Mulaleni! Acontecimento é só este de bebedeira que estão a ver.
– Está bem, dona Ximamate. Não esquece vir buscar sal.
– Ah, não vou demorar.

×××××

Xuuu... você... já viste? Fiquei assustada, até inventei a história do sal... agora já não sei... Deixa eu pensar um pouco... Eu queria preparar boa cama para ti... eh paa... agora... não consigo mais ter outro pensamento... a única solução que vem ao meu juízo é fogo! Lume mesmo. Assim, só podes ser cinza! Ficas dentro de casa, acendo o xiphefo, deixo cair e quando eu voltar da casa de Mulaleni, tudo já terá queimado. Óóó... não há como!... O xiphefo caiu sozinho! Pelo menos terás a desculpa da bebida. Deixa-me ir trazer fósforo...
O quê? É para eu não brincar com o fogo?! Ah... para você é mais melhor ser enterrado do que ser cremado! Senão vais acender a minha vida?! Assim estás me matar com medo... eiii... Mas, já sei... a mim você não me atrapalhas! Tu é que tens medo de arder. Pelos menos, aproveita descansar agora que vou a casa de Sô Mulaleni... quando eu voltar só vou pacientar até de madrugada. Aí vou gritar. Quando o socorro chegar já terás virado cinzas.

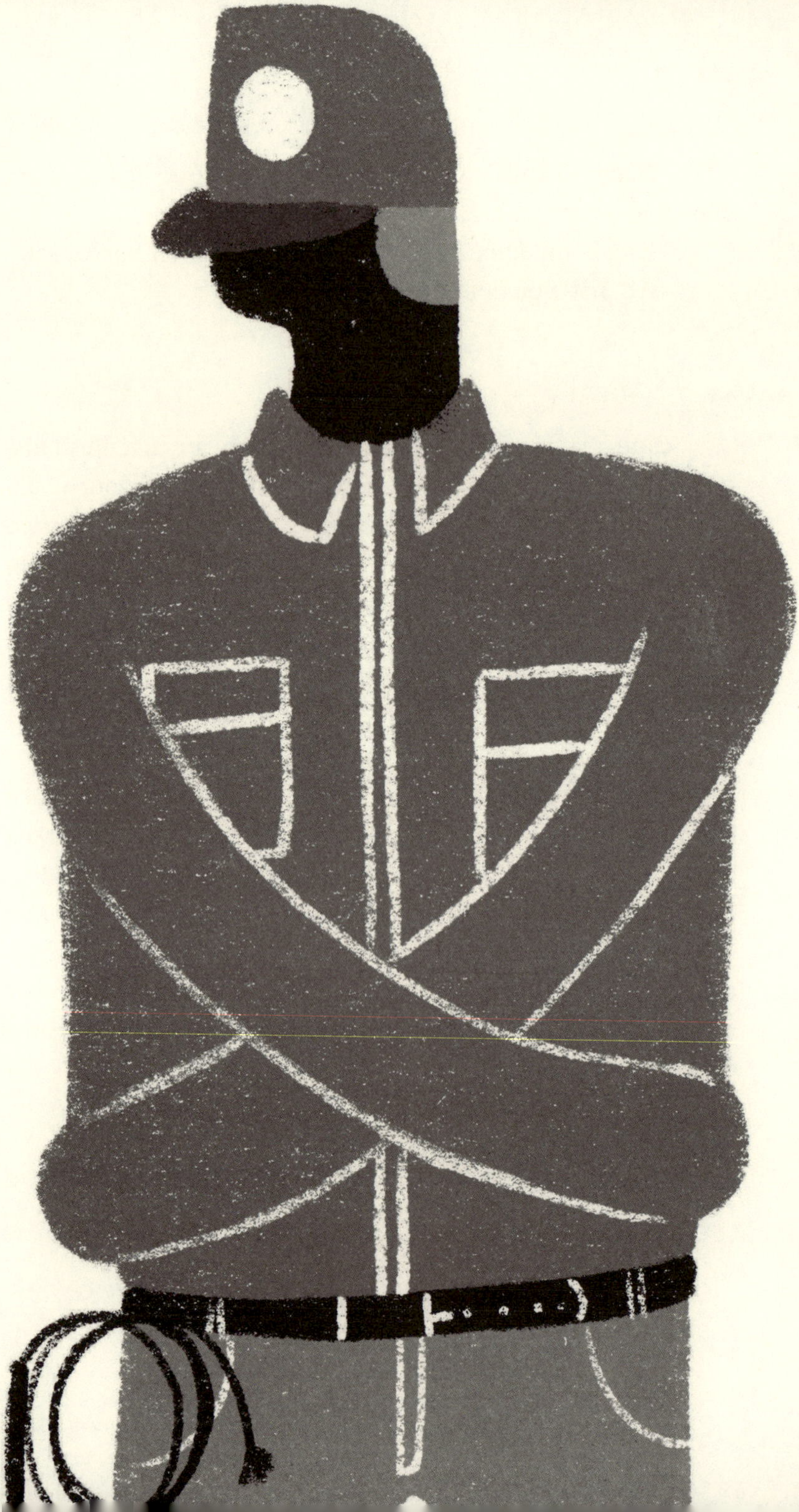

O rabo do tio Maçónico

Paulindo Marilele era conhecido por PM, lá no bairro. Na meninice, gabava-se das iniciais do seu nome. Aproximavam-no do sonho de ser Polícia Militar.

Começava a sair-lhe alguma barba quando foi evacuado pelo temporal do recrutamento para a tropa. A mãe rezava todos os dias que ele voltasse.

O que é que fizeram com o meu filho?! Cuidado, Paulindo, essa gente não presta para nada! Tenho medo. Um dia vai sobrar para ti – ela alertava, depois que PM voltou e o afectaram nas rusgas. Ele e outros militares penteavam a cidade, como diziam. Vida militar é assim mesmo, dona Thula, nos treinos sofri pior – ele replicava. Depois passou a ser sentinela nas bombas de gasolina do aeroporto, antes de ser promovido a chicoteador.

Na altura em que foi desmobilizado, a família começou a desconfiar. Ele andava às voltas, em Mavalane, num sítio chamado Fogueira, onde, depois da independência, aconteciam comícios. Agora, ele passava o tempo a fazer continência e a marchar, dando sentido ao traje militar que sempre trazia.

Apavorada, a mãe, já não confiava nos médicos. "Só andam aí a entulhar o meu filho de quininos" – ela sussurrava. Consultou vovó Mukhongueli, mulher de rezas.

– Eu já estava de saída – disse Mukhongueli. – Alguma coisa que eu possa fazer?

– O meu filho! – seu falso sorriso dissimulava medo.
– Qual deles?
– O militar.
– O que é que há?
– Não estou a ver bem as ideias dele. As coisas que ele anda a falar não soam. Nem digo agora que já nem volta para casa. Então vim pedir reza. Por favor... o hospital já fez o que podia. Agora só o adormecem com comprimidos... – tremiam-lhe as palavras.
– Tem que rezar muito. Ouvi há dias que anda por aí um militar com problemas de rabo.
– É rabo de quê? – franziu a testa.
– Eu também não sei.
Rezaram.
– Faça qualquer coisa. Tem que continuar a rezar muito, dona Thula... – disse Mukhongueli.
Por onde começar? – perguntava Thula ao céu. Andou de consulta em consulta. Procurou e não encontrou Rabeca, a mãe. Rezava, enquanto PM rusgamungava na Fogueira. "Aquele tipo ali é perigoso" – diziam as pessoas, e Thula temia que o matassem. Decidiu colocar Zito, o filho mais novo, na praça, como radar. Tinha quinze anos. Qualquer coisa que vires ou ouvires vem contar-me – disse-lhe a mãe. – Só assim vamos tirar o teu irmão da Fogueira.
Zito ficava a pescar conversas dos passantes. Contava tudo à mãe. Ela filtrava. Calibrava palavra por palavra. Conta de novo – ouvia Zito, repetidas vezes. Numa certa manhã, estavam em casa. Chamou-lhe atenção a conversa sobre Nandinho. – Espera aí... – interrompeu-o. – Conta lá de novo...

Na noite em que conheceu PM, Nandinho acabava de chegar à cidade. Havia rusgas nas ruas. Acompanhava, nessa noite, a namorada para casa. Numa esquina do subúrbio, cruzaram-se com três guerrilheiros.
– Boa noite.
– Boa noite.
– Identifiquem-se.
Entreolharam-se os namorados. Nandinho procurava bolsos que não tinha. Vasculhava, recomeçava...
– Para! – falou PM. – Como é que dois elementos da vossa idade, que até já sabem das coisas, não têm como se identificar? Pensou em fugir... como fugir, e a menina?!
– Temos documentos, só nos esquecemos – falou Nandinho.
– Agora chega de bula-bula... porquê não esqueceram a roupa também? – PM batia na palma da mão com um cassetete. Chamou os outros capacetes para um aparte. Ao voltarem, ordenou: – Você, macho, ajuda ela a não esquecer, com carícia na cara dela.
Nandinho meneou a incompreensão...
– Carícia?
– Você não percebe é o quê figura de estilo? Falei para atribuir uma chapada a... como se chama você, menina?
– Inocência.
– É isso, estica chapada na cara dela. Ela é o quê para ti?
– Namorada.
– Namorada!!! Os pais dela sabem? Inocência, papá sabe lá em casa que você já anda a fazer ngongonhangongonha? – embirrava PM. – Em vez de estudar e crescer, andam de noite como morcegos... porquê?
Ninguém respondeu.

– Agora, para aprenderem, tu... executa! Compreendeste? A mão de Nandinho mentiu uma chapada. Ixiiiii – Inocência encenou dor na bochecha.

– Que é isso? – a bota de PM berrou para o chão. – Escuta uma coisa, mwanamwana – ele apregoava, em tom de comandante, olhando para os olhos de Nandinho, e levantando-lhe o queixo com o punho. – Quando a cabeça não regula, o corpo é que o quêê? Agora deves aprender uma vez por todas que... – Nandinho nem ouviu o fim da frase... um estrondo na cara desorganizou-lhe os sentidos. Voltando a si, só ouviu PM a repetir... – Percebeste? Se queres ser chapado, novamente, brinca outra vez de cumprir. Agora, baixa as mãos e executa! Tá bom?

Afastando contemplações, Nandinho tomou balanço e descarregou electricidade toda na cara da Inocência, provocando-lhe curto circuito. Ela ficou de gatas...

– Isso mesmo – disse PM, endireitando a espingarda que se desprendia do ombro, e falou para ela. – Não te preocupes... agora é ele que vai dançar a tua música. De pé!!!

– Ouviste, menina?! Eh!... Queres também uma demonstração ou vais dar-lhe troco logo? – gritou o terceiro Polícia Militar. – Vamos lá aí... rápida!

– Senhores... – Inocência mastigava as suas lágrimas – batam-me mais, disparem se for preciso... eu? Não vou bater nele!

– Você, menina, és mesmo dama de ferro – disse PM tocando, com a mão, no rabo da Inocência.

Deixaram-nos seguir, enquanto gargalhada histérica espalhava-se pela noite.

– Pensei que fosses minha alma gémea!... – Inocência quebrou o silêncio.

— Porquê dizes isso? Eu sou tua alma gémea. Viste que não foi por eu não ser homem... – tentou Nandinho colar os pedaços partidos... esgotou-se-lhe cola.

— Esquece lá, eu já disse! – Inocência decidiu.

Nandinho nunca mais esqueceu.

Thula abraçou Zito.

— Eu sempre disse ao Paulindo que esta gente não presta – falou. – Nem é culpa dele, ele foi afiado assim. Mas tu e eu vamos desafiar tudo. Se ficares mais atento, hás de trazer o remédio para ele. Eu trato do resto.

"Não percebo, mas vou lá" – pensava Zito. Desprendeu-se da mãe e correu, falando-lhe de longe... não demores com a comida!

Ela levava-lhes merenda todos os dias. Encontrou-se uma dessas vezes, com um velhinho que mal conhecia e que a abordou. Ah... tsaa... tenho mais que fazer! – falava Thula para a blusa. Parou, contudo. As palavras do velho eriçaram-lhe as antenas. Ela sintonizou.

— Essa gente só anda a deformar a rapaziada. Ensinam-lhes lá na tropa a ser loucos. Pensam que estamos no mato e que somos todos inimigos. Eu próprio, Nyogodola, gemi, por causa daquele espantalho que colocaram ali na Fogueira. Ele ficava nas bombas de gasolina do aeroporto a chatear as pessoas. Mandou-me nenecar a minha própria mulher. Me disse, com a maior falta de respeito do mundo: "depois é ela que vai te pôr nas costas"... Pedi-lhe "meu neto, acha mesmo que temos idade para essas coisas aí?"... Sabe o que ele disse, minha filha? Tlhaa... "madala, você prefere levantar aquela pedra ali?" – apontou-me um pedregulho que o diabo largou ali, e que até já tinha raízes. – Cada vez e cada vez eu carreguei a minha mulher, ela também carregou a minha vergonha... PM riu-se do meu rabo que espreitava, porque as minhas calças não tinham cinto. Agora o resultado está ali!!

Thula apertou a sua angústia na capulana e transportou-a até à Fogueira. Ficou com Zito. Amarrou-o com os braços. Os dois fitavam o céu. Come lá, meu filho, come – dizia a Zito que nem provou a merenda. Os dois olhavam para PM que se erguia, fazia continência, gritava e ficava uma estátua. Um rapaz que passava por ali riu-se.

– Aquele ali andou a provocar... dá naquilo!

– Como assim, meu filho?! – Thula interpelou o rapaz.

– Era um chicoteador aquele ali, mamã. Aqui mesmo na Fogueira, aquele ali direitou traseiros. Um dia, apitos-não-apitos gritavam... chamavam as pessoas para o comício. Nesse dia a coisa estava quente. Altifalante de corneta barulhava viva quê quê quê... vivaaaaa!!... Abaixo o capitalismo... abaixo! Abaixo isto mais aquilo... Abaixoooo!! Falou-se de chicotada. Com olhos abertos assim, nós não conseguíamos dizer nada, só fazíamos ixiii... os soldados faziam dançar o chicote no rabo.

– Rabo?

– Afinal não sabe?... Quando chegou a vez dele de chamboquear, PM calhou com o tio Maçónico, um comerciante. Falava-se que é porque ele era capitalista. Um dos soldados segredou que o tio Maçónico falou assim: – Meu filho, não te aconselho a me espancares. Eu nunca levo porrada. Ooh, se tocares no meu rabo, hás de ver!

– O quê?!! – arregalou os olhos Thula.

– Aquele PM ali nem falou nada, só lhe esticou com chamboco. Tio Maçónico não piou, nem uma única vez. Eu vi. Ficámos todos em silêncio, e os outros soldados olharam-se com as caras que diziam "eh viram aquilo?!" É isso, mamã, é o rabo do tio Maçónico que está a chicotear a cabeça do PM.

    Thula disse alguma coisa ao ouvido de Zito e levantou-se como uma ventania.

    – Toda a gente da minha casa está mesmo a ficar maluca! – murmurou Zito.

    Thula correu que correu. Deixou ali a estátua e o radar. Procurou pela mãe, a quem contou tudo.

    – E agora o que faço? – ofegou.

    – Já viste, minha filha! Continua a rezar. Deus é pai – falou Rabeca.

Glossário

B
bagageira: porta-malas de veículo.

bazar (v.): fugir precipitadamente, desaparecer; vazar.

bicha: fila.

C
carapau: espécie de peixe pequeno, de mar, de alto valor nutritivo e comercial.

chamboquear: bater com chamboco, espécie de vara.

chapa-cem (chapa): veículo de pequeno porte para transporte de pessoas ou cargas, feito por carrinhas (Moçambique) ou furgões; minivans (Brasil).

chingwerengwe: nortenho, forasteiro.

D
dumba-nengue: mercado ambulante espontâneo, mercado negro.

F
ferry: ferry-boat; balsa.

K

kalashnikov: arma; tipo de rifle.

L

lobolar: realizar a cerimônia de lobolo; desposar.

lobolo: casamento tradicional.

M

maçar/ maçada: aborrecer/ aborrecimento.

maçaroca: espiga de milho.

madala: ancião; idoso.

madjembene: indivíduo desprezível.

mafurreira: *Trichilia emetica*, árvore meliácea de cuja semente "mafurra" se extrai um óleo.

mapoco: troça, zombaria, gozação, chacota.

"Marozana, sekelela Marozana u va komba! Gwira Marozana!" (língua ronga): "Marozana, levanta-te e mostra-lhes! Ginga, Marozana!"

masseve: compadre, comadre.

maticado: rebocado com barro ou com cimento, alvenaria.

mwanamwana: criança, miúdo.

My love: nome popular dado ao transporte de pessoas, feito por pequenos caminhões com carroceria aberta.

N
ndau: grupo étnico que habita partes de Moçambique e Zimbábue.

ngura ngura: resmungo, do verbo resmungar, murmúrio.

nhanga: curandeiro.

Nhima!: Para! (do verbo parar).

R
régulo: chefe tribal.

T
talho: casa de carnes; açougue.

tchovar/ tchova: empurrar/empurrão.

tintsiva (ou tchinchiva): pequenos frutos secos com sabor agridoce, que existem em Moçambique.

Tsama!: Senta-te! (do verbo sentar).

X
xiphefo: lamparina rústica, fabricada artesanalmente em chapa metálica, abastecida com petróleo.

fontes	Colaborate (Carrois Type Design)
	Seravek (Process Type Foundry)
	Gandhi Serif (Librerias Gandhi)
papel	Pólen Bold 90 g/m²
impressão	Printcrom Gráfica e Editora Ltda.